KB169538

'여행 준비의 기술'이라니, 여행 준비에 무슨 기술이 필요하단 말인가. 처음에는 그렇게 고개를 갸웃거렸더랬다. 그런데 읽으며 마음이 서서히 바뀌었다. 준비 없이 가는 여행은 음식을 맛보지 않고 삼키는 거나 마찬가지로 어리석은 일이라 믿게 됐다(내가 여태까지 그렇게 살아왔다니……). 심지어 여행 준비만으로도 꽤 즐겁겠구나, 아니 일상을 곧 여행 준비의 과정으로 만드는 것도 괜찮겠구나, 라는 생각도 하게 됐다. 결론적으로 이 책, 무척 유용하다. 그리고 대단히 재미있다._**장강명 소설가**

제목이 점잖아서 점잖은 여행 책인 줄 알았는데 유쾌한 웃음으로 가득한 책이다. 꼭 여행을 좋아하지 않더라도 딴짓과 딴생각에 쉽게 빠지는 사람이라면 이 책의 꼭 맞는 독자다. 웃다보면 삶에 깊숙이 들어오는 주제들을 맞닥뜨려, 박재영 작가는 작가가 될 수밖에 없었구나 싶어진다. 여행의 선택들을 자세히 살피다가 더 큰 선택들도 들여다보게 되는 흥미롭게 다층적인 에세이다._**정세랑 소설가**

이 책을 읽으며, 스스로를 '준비하는 상태'에 놓아두는 사람에게만 일상이 비로소 보여주는, 기발하고 풍성한 세계에 관해 생각했다. '여행준비'라는 하나의 방식으로, 평소라면 그저 손가락 사이로 빠져나갈 일상을 붙들어 반짝반짝 윤을 내는 과정은 이미 어떤 세계를 '여행 중'인 것과 다름없다는 사실도. 여행 한 번 못 간 올해가 될 줄 알았는데, 여행 중인 올해가 되었다. 웃긴데 눈물이 나고 슬픈데 웃음이 나는 이 책을 읽고 나니 그랬다._**김혼비 에세이스트**

여행이 아닌 여행준비의 기술이라니! 행복이 현재의 결과물에 좌우된다고 생각되지만, 의외로 미래에 대한 긍정적 기대도 상당한 영향을 준다. 여행을 준비하면서 느끼는 기대가 실제 여행보다 더 좋을 수도 있다. '내가 누구인지를 정확하게 알게 해주는 것'이 여행준비의 장점이라는 저자의 이야기에 공감한다. 이 책을 통해 여행준비의 기술을 자연스럽게 받아들이는 순간, 삶의 스트레스에서 한발 물러나 자신과 세상을 여유롭게 보는 힐링 기술, 메타뷰meta-view를 키울 수 있다. 이 책은 코로나 우울증 극복을 위한 최고의 명약이다._**윤대현 서울대병원 강남센터 정신건강의학과 교수**

여행은 즐겁다. 빠듯한 삶 속의 아기자기한 빈틈이다. 그러나 박재영은 여행준비도 여행만큼 맛스러움을 보여준다. 여행엔 원래 놀라움이 따르지만, 준비만 가지고도 여행 후일담이 될 수 있는 놀라움은 색다른 기쁨이다. 능청스런 글솜씨가 한몫을 다한다. _**황동규 시인**

저자는 나를 딱 한 번 만났을 뿐인데 어느 날 원고를 툭 보내오더니 읽어보고 괜찮으면 추천사를 써달라고 했다. 그가 세상을 바라보고 설명하는 시각도 대체로 이런 투다. 정중하지는 않지만 무례하지도 않고 예리하지만 집착이 없다. 사실 이 책은 여행서를 빙자한 자서전 같기도 한데, 그럼에도 강력 추천하는 이유는 매우, 대단히, 몹시 재미있기 때문이다. 꼭 사서 읽으시면 좋겠다. 저자가 인세로 돈맛을 좀 보면 얼른 한 권 더 써주지 않을까 싶어서다. _**이진우** MBC '손에 잡히는 경제' MC

소설을 읽은 뒤 그와 대화하면 결과는 늘 내 쪽이 의문의 1패다. 읽기는 내가 더 성실히 읽은 것 같은데 대화의 승기는 항상 그가 잡고 있는 식이다. 질투를 넘어선 궁금증으로 이 책을 읽기 시작했다. 다 읽고 확실히 알았다. 나는 기술에서 밀렸다. 인물부터 파악하는 자는 배경 먼저 파악하는 자보다 작품을 즐길 수 없다. 나는 소설 속 이야기를 읽지만 박재영은 소설의 시공간을 경험한다. 언제나 관광객 모드를 장착하고 있는 이 탁월한 능력이야말로 우리가 그토록 원하는 인생 준비의 기술이 아닐까. _**박혜진** 문학평론가

그의 팟캐스트 'YG와 JYP의 책걸상'을 들으며 늘 궁금했다. 그는 어떻게 세상만사 모든 것에 댓글을 달 수 있게 되었나? 책을 읽어보니 알겠다. 세상 모든 곳에 갈 준비를 해본 사람. 가보지 않았어도, 먹어보지 않았어도, 가보고 먹어본 사람보다 즐거울 수 있는 사람. 박재영은 바로 그런 사람이었다. _**이준원** SBS '최영아의 책하고 놀자' PD

여행준비의 기술

여행준비의 기술

박재영 지음

글항아리

여행준비가 취미라는 말을 들은 사람들의 가장 흔한 반응. "여행이 아니라 여행준비가 취미라고요?" 이렇게 반문하며 고개를 갸웃거린다. 이자가 농담을 하는 건지 진담을 하는 건지 모르겠다는 표정인 사람도 있고, 여행이라는 흔해빠진 취미를 가졌으면서 표현만 조금 특이하게 하는구나 생각하는 듯 웃어넘기는 사람도 있다.

두 번째 흔한, 그러나 첫 번째에 비하면 훨씬 드문 반응. "아……." 놀라움이나 탄식의 감탄사가 아니라 반가운 마음의 표현이다. 여행준비가 취미라고 말하는 사람을 한 번도 본 적이 없더라도, 자신의 취미가 여행준비라고 생각해본 적이 한 번도 없더라도, 듣자마자 직관적으로 무슨 뜻인지 알아차리고 공감을 표하는 것이다. 간혹 '캬~'일 때도 있고, '저도요'일 때도 있다. 구체적으로 말은 안 해도 '오호라, 이자도 우리 편이었어'라는, 일종의 동지애를 느끼는 모양이다.

그렇다. 내 취미는 '여행준비'다. 어릴 때, 소풍 가기 전날이 소풍 당일보다 더 설레지 않았던가. 여행도 물론 즐거운 일이지만, 희대의 한량이 아닌 다음에야 우리가 여행으로 보내는 나날이 아주 길 수는 없다. 여행은 어쩌다 한 번, 기껏해야 1년에 몇 번이지만, 여행준비는 언제 어디서든 할 수 있다. 여행이 취미인 사람은 여행에서 돌아온 다음 날부터 우울해지지만, 여행준비가 취미인 사람은 하나의 여행이 끝나면 그다음 여행을 준비하는 즐거움을 누릴 수 있다.

이런 태도로 살다보니 여행과 관련된 정보나 노하우를 남들보다 조금은 더 많이 알게 되었고, 여행과 관련된 수다거리도 많이 갖게 됐다. 일반적인 '구라'로는 평균을 조금 웃도는 정도일지 모르지만, 여행 관련 구라로는 어디 가서 빠지지 않는 편이 됐다. 여태까지 풀어놓았던 숱한 여행 구라들 중에서 주변 사람들의 반응이 꽤 좋았던 것만 추려서 한 권의 책으로 묶었다.

세상 사람 모두는 아니겠지만, 이 책을 펼쳐든 독자라면, 유일하거나 첫 번째 취미는 아닐지라도, 어느 정도는 여행준비가 취미일 것이다. 국어사전에 따르면 취미란 '전문적으로 하는 것이 아니라 즐기기 위하여 하는 일'이다. 이왕 즐겁자고 하는 일, 좀더 즐거우면 좋지 아니한가. 더 즐거운 여행준비를 위해, 결과적으로 더 즐거운 여행을 위해, 이 책이 작게나마 도움이 되면 기쁘겠다.

사실 이 책을 쓰겠다고 마음먹은 지는 10년도 넘었다. 제목도 그때 정해놓은 것이다. 내가 여행준비 하느라 바빠서 이 책을 못 쓰는 동안, 알랭 드 보통은 『여행의 기술』을 썼고, 김영하는 『여행의 이유』를 썼다. 내가 찜해놓은 제목을 먼저 가져가지 않은 그들에게 감사한다.

이 책의 집필을 더 이상 미루지 않게 된 결정적인 계기는 코로나19였다. 코로나19가 세상을 덮친 이후, 3월의 미국 올랜도 출장과 5월의 일본 오키나와 여행과, 9월의 오스트리아 여행이 모두 취소됐다. 여행 계획이 없어지니 준비할 일도 사라졌다. 평소에는 아직 한참 남은 결혼 25주년 기념 여행이라거나 환갑 기념 여행, 은퇴 기념 여행 등을 잘도 준비했건만, 언제 갈지 기약도 없고 결국 못 가지 싶은 낯선 곳의 지도도 열심히 들여다봤건만, 전 세계의 국경들이 사실상 폐쇄되는 상황에 놓이니, 모든 게 시들해졌다. 그리고 우울해졌다.

그러다 문득, 이럴 때가 아니라는 생각이 들었다. 내 취미는 여행준비이지 여행이 아니지 않은가. 코로나 이전의 세계로는 영영 못 돌아간다 할지라도, 언젠가는 비행기도 뜨고 야구장도 열리고 미술관도 북적대지 않겠나. 젠.장.언.젠.가.는.

　이런 때일수록 여행준비를 해야 한다. 여행을 못 가서 우울감에 시달리는 수많은 사람에게 여행의 즐거움은 못 주더라도 여행준비의 즐거움이라도 선사하자. (여행 관련 책이 안 팔린다던데, 그 수요를 모두 이 책으로 흡수하자!) 인생은 어차피 준비만 하다가 끝난다는 말도 있는데, 여행을 못 가면 어떠랴, 준비하는 과정이 즐거우면 그것으로도 큰 위안 아닌가.

　모두가 자유롭게 어디든 갈 수 있는 그날이 하루빨리 오기를 기원하며.

박재영

1부 여행준비라는 취미의 매력

1. 느끼할 땐
피클이지

파란만장했던 첫 해외여행 이야기는 나중에 하기로 하고, 대학 졸업 직전에 떠났던 두 번째 여행 이야기부터 꺼내본다. 아, 이런 게 선진국이구나, 라고 느꼈던 인상적인 순간이 있기 때문이다.

나는 의대생치고는 드물게 소위 '문청'이었다. '영청'이었다고도 할 수 있다. 그러다보니 주변에도 그런 친구들이 좀 있었다. 문학을 논하기 위해 가끔씩 모여서는 문학 이야기는 눈곱만큼 하고 대부분의 시간 동안 술이나 마시고 이성 이야기나 하는, 대책 없는 청춘들이었다. 물리학 전공인데 시 쓰는 놈, 법학과 졸업하고 국문과 대학원 간 놈, 의학 전공인데 영화 공부하는 놈 등등이 멤버들인데, 그중엔 '영화아카데미'에 들어간 친구가 둘이나 있었다.

어느 날 그중 한 명인 J가 자신이 구상하고 있는 영화 스토리를 우리에게 들려줬다. 대략 이런 이야기였다.

"지구 정복을 위해 외계인이 한 명 와 있다. 생긴 모습이 지구인과 똑같아서, 그자가 외계인 줄 아무도 모른다. 하지만 나는 그 사실을 알고 있다. 내가 그자를 없애지 않으면 지구가 망한다."

여기까지의 기본 설정을 들었을 때, 우리 모두는 시큰둥했다. "그래서?"

J는 계속 말했다. "열심히 노력하여 외계인의 약점을 겨우 알아낸다. 약점이 거의 없는 외계인의 최대 약점이 있었으니, 그건 바로 물파스!"

우리는 크게 웃었다. 아니 비웃었다. 말도 안 된다, 유치하다, 갖다 버려라, 영화아카데미 가더니 애가 이상해졌다, 원래 좀 이상했다…….

이후에도 J는 꿋꿋하게 자신의 스토리를 설명했지만, 우리의 구박은 이어졌다. 좀 억울했던지, J는 갑자기 소리쳤다. "야, 내 이야기는 그래도 말이 돼. 동기 중에 더 황당한 이야기 짜고 있는 놈도 있어."

"어떤 건데?"

"한강에서 괴물 나오는 영화."

"푸핫. 한강에서 괴물이 왜 나오는데?"

"미군 부대에서 흘러나온 유해 물질 때문에."

"푸하핫. 그래서 어느 가족이 힘을 모아서 그 괴물 물리치는 내용이냐?"

"응. 어떻게 알았어?"

"푸하하핫. 야, 아까 네 외계인 이야기가 한강에서 괴물 나오는 것보단 낫다. 힘내라."

그렇다. J는 장준환 감독이고, 그는 외계인 이야기 「지구를 지켜라!」로 데뷔했다. 흥행에는 성공하지 못했지만 청룡영화상과 대종상에서 신인감독상을 받았고, 지금까지도 '비운의 명작' '시대를 너무 앞서간 영화'로 꼽힌다. 우리가 그토록 비웃었던 한강의 괴물 이야기는 10여 년 후, 「괴물」이라는 멋진 영화로 만들어진다. 설정이나 플롯만 듣고 예단하지 말지어다. (두 감독님께 지금이라도 사과드리고 싶다. 몰라봐서 죄송합니다.)

두 번째 여행지는 프랑스와 영국이었다. 비행기 표만 사두었을 뿐, 출발 두어 달 전까지 구체적인 계획은 별로 없었다. 첫 해외여행도 아닌데 천천히 준비하지 뭐, 하는 생각도 있었고, 졸업시험과 의사국가시험을 앞두고 있어서 준비할 시간이 없기도 했다.

그 무렵 문제의 문청들이 모이는 자리가 있었다. 다들 별 볼일 없는 근황들을 이야기하고 있는데, J가 수줍게 말했다. "나, 영화제 초청받았어."

그가 영화아카데미 졸업작품으로 만든 단편영화 「2001 이매진」이 클레르몽페랑 국제단편영화제에 초청된 것이었다. "우와!" 우리의 짧은 축하와 긴 질문이 이어졌다. 돈 주냐, 비행기 표 주냐, 호텔 숙박 해주냐, 밥도 주냐, 근데 클레르몽페랑이 어디냐.

클레르몽페랑은 파리에서 기차로 4시간쯤 가야 하는 소도시였고, 그 영화제는 단편영화제로는 상당히 유명한 축제였으며, 돈은 따로 안 줬지만 왕복 비행기 표와 기차표, 숙소와 식권과 영화제 프리패스까지 주는 근사한 조건이었다. 흥분이 좀 가라앉은 후 우리가 물었다. "근데 내용이 뭐냐?"

"자기가 환생한 존 레넌이라고 믿는 남자의 이야긴데…… 사람들이 그의 음악성을 몰라주는데…… 어느 날 요코를 만나 사랑하게 되는데…… 누군가 자기를 죽이려 한다는 망상에……."

"그, 그렇구나. 재, 재밌겠다."('음, 역시 특이해.')

그런데 이런 우연이 있나. 영화제 기간이 내가 프랑스에 머물기로 되어 있는 기간과 겹쳤다. 그때까지 영화제라곤 단 한 번도 못 가본 내가 따라가지 않을 이유가 없었다. 심지어 숙소 문제도 해결됐다. 나도 갈 수 있다는 이야기를 들은 J가 이렇게 말했기 때문이다.

"내 방에서 같이 자. 트윈이야."

"방이 트윈이라고?"

"싱글, 더블, 트윈 중에 고르라기에, 그냥, 이왕이면 넓은 방으로 골랐지 뭐."

영화제는 무척이나 즐거웠다. 자막을 안 보고 편하게 즐긴 J의 영화도 생각보다 훨씬 근사했고, 세계 각국에서 모인 영화인들과의 만남도 유쾌했다. 평소에 보지 못했던 특이한 단편영화들을 만나는 일도 신나는 경험이었다. 나는 초청받은 감독의 매니저(?) 비슷한 태도로 J를 따라다니며 '관계자들'만의 모임에도 슬쩍 끼어들곤 했다. 너는 뭐하는 사람이냐고 묻는 이가 있으면 '저널리스트'라고 대답했다. (의대생이라고 하면 이상하잖아. 그리고 완전 뻥은 아니었던 게, 나는 당시 지금은 내 직장이 된 '청년의사'라는 신문에 정기적으로 글을 쓰고 있었다.)

그땐 몰랐지만 한참 후에 알게 된 놀라운 사실들도 있다. 「2001 이매진」의 촬영은 봉준호, 음악은 박칼린, 주연 배우는 박희순이었다. 또한 영화제가 열렸던 소도시 클레르몽페랑은 미슐랭타이어의 고향이다. 지금도 같은 자리에 본사가 있고, 박물관도 있다. 언젠가 다시 클레르몽페랑에 가게 되면(영화제 기간에 가면 더욱 좋겠다), 미슐랭 박물관에 가서 울룩불룩 캐릭터 '비벤덤'과 기념촬영을 할 테다.

클레르몽페랑 영화제는 단편영화제 중에서는 세계 최대 규모이고, 프랑스에서 열리는 영화제 중에서는 칸 영화제 다음으로 규모가 크다. 1979년에 시작된 영화제이니, 수없이 많은 거장이 (거장되기 전에) 다녀갔을 터이다. 매년 1월 말에서 2월 초에 열리는데, 2021년 영화제가 정상적으로 열리지 못할 수도 있다는 생각을 하니 마음이 무거워진다.

그런데 클레르몽페랑에서 경험한 최고의 순간은 영화제와 무관했다. J와 둘이서 들어간 어느 작은 레스토랑에서 있었던 일이다. 메뉴판은 불어로만 되어 있었지만, 그래도 어찌어찌 주문에 성공했다. 나는 여행준비의 일환으로 그 나라 말을 조금씩은 공부하는 편이고, 그중에서도 메뉴판 읽기를 가장 열심히 공부하기 때문에 가능했던 일이다.

그러나 내가 고른 음식은 사실 정확히 어떤 건지 모르고 시킨 것이었다. 재료에 소고기와 치즈가 들어 있어서 택한 것인데, 잠시 후 나온 음식이 대박이었다. 누런 치즈 국물에 고깃덩어리가 빠져 있는 형상인데, '느끼함의 끝판왕'이었던 것. 웬만하면 참고 먹겠는데, 이건 진짜……. 고민 끝에 애절한 눈빛으로 웨이트리스를 쳐다봤다. 잠시 후 다가온 그녀에게 나는 이렇게 말했다. "피클, 실부플레."

그런데 그녀가 못 알아듣는 것이 아닌가. 상상도 못 했다. 아무리 영어를 못 한다고 해도, 레스토랑에서 일하는 사람이 '피클'이라는 단어를 모른다니. 더구나 무려 국제영화제도 열리고, 무려 미슐랭 본사도 있는 도시인데.

사실 '피클'에 해당되는 불어 단어도 암기를 했지만 도무지 떠오르지가 않았다. 다행히 '오이'라는 단어는 기억이 났다. 영어랑 비슷한 느낌의 콩콤브ㅎ. 그리고 식초(비네그ㅎ), 소금(셀), 설탕(시크), 물(오) 등의 단어도 기억이 났다. 안 되는 발음으로 이런 단어들을 읊으면서 손으로는 오이를 썰고 소금과 식초 등속을 섞어서 뿌리는 시늉을 했다. 한참을 지켜보던 그녀가 알겠다는 표정으로 돌아섰다. 오케이. 해냈구나!

5분쯤 흘렀을까. 그녀가 커다란 접시 하나를 손바닥에 올린 채 나를 쳐다보며 다가오는 것이 아닌가. 저 접시에 담긴 것이 내 것일 리는 없는데, 왜 나를 보며 오는 거지?

그녀는 접시를 우리 테이블에 놓으면서 활짝 웃었다. 어딘지 모르게 뿌듯해하는 표정이었다. 그 어려운 일을 내가 해냈다는 듯한. 접시 위에는 얇게 저며진 오이가 둥그렇게 배열되어 있었다. 생오이였다. 바닥에 얇게 깔린 액체에서는 설탕과 소금과 식초 맛이 모두 느껴졌다. 놀라움을 애써 감추고 있는 나에게 그녀는 눈빛으로 물었다. "네가 말한 거, 이거 맞지?"

이 대목에서 아니라고 말하면 그건 인간쓰레기다. 나는 진심으로 고마움을 표했다. 고백하자면 거의 눈물이 핑 돌았다. 그녀의 관점에서 이 사건을 생각해보자. 얼마나 어처구니가 없었을까. 웬 동양인 한 명이 음식 하나 시키더니 희한한 요청을 한 거다. 그놈 취향 참 독특하네. 낯짝도 어지간히 두껍네. 영화제에 온 인간인가? 역시 예술 하는 것들은 특이해.

못 알아듣는 척했으면 그뿐이었을 텐데. 두 손을 올리며 어깨 한번 으쓱하고 가버릴 수도 있었을 텐데. 그녀는 최선을 다해 내 이야기를 들었고, 주방에 가서 셰프에게 황당한 주문을 전했고, (마음속으론 무슨 생각을 했는지 모르지만) 나에게 환한 미소를 보내줬다. 그건 그녀가 스스로를 단순히 '주문을 받고 음식을 전달하는 사람'이 아니라 '고객의 요구를 최대한 들어주려 노력하는 사람'으로 여기고 있었다는 증거가 아닐까.

과도한 비약일 수 있겠으나, '아, 이런 게 선진국이구나'라고 느꼈다. 지금은 많이 달라졌지만, 그 당시만 해도 우리는 레스토랑에서, 택시에서, 동사무소에서, 얼마나 많은 눈치를 봤나. 뭔가를 부탁했다가 안 돼요, 없어요, 못 해요 같은 이야기를 얼마나 자주 들었었나. 거절당한 후 한 번만 더 부탁했다가는 진상 고객 취급을 받아야 하지 않았나. 짜증이 가득한 표정과 퉁명스러운 목소리로 옜다, 하고 부탁을 들어주는 통에 얼마나 불쾌했나.

참, 그 생오이 샐러드는 나중에 보니 공짜로 준 것이었다. 더욱 감동한 나는, 당시의 내 기준으론 없는 돈에 최대한의 팁을 줬던 것 같은데, 그게 얼마였는지는 모르겠다.

클레르몽페랑의 거리도, 장준환의 영화도, 그 레스토랑의 이름도, 그날 내가 먹었던 음식의 이름도 전혀 기억나지 않지만, 자신의 일에 최선을 다했던 그 웨이트리스의 표정만은 잊히지 않는다. 그리고 거의 쓸 일은 없지만 한 번도 잊은 적이 없는, '피클'이라는 뜻의 불어 단어 하나. '코르니숑.'

2. 취미가
뭔지 몰랐다

내 인생에서 아주 오랫동안 풀지 못했던 문제가 '내 취미는 무엇인가'였다. 시작은 초등학교 때였다. 어느 날 이름을 기억할 수 없는 신상 서류를 작성해야 했는데, 거기에 취미를 쓰는 빈칸이 있었다. '내 취미가 뭐지?'라는 의문과, 뭐라고 써야 '있어 보일까?'라는 의문이 동시에 생겨났다. 허세는 타고나는 것이다.

1970년대의 초등학생에게 제대로 된 취미라는 게 있을 리 있나. 떠오르는 단어라곤 '독서'와 '영화 감상'밖에 없었다. 당시 내 여가 활동은 실제로 책 읽기랑 친구들과 뛰놀기, 그리고 고교야구 중계 보기 정도뿐이었다. 정확히 기억나진 않지만 결국 '독서'라고 썼던 것 같다. 허세 충족 실패.

같은 질문은 중고등학교에서도 이어졌다. 친구나 가족들은 아무도 그런 걸 묻지 않는데, 학교에선 꼭 물어봤다. 내 취미생활을 위해 학교에서 뭘 해줄 것도 아니면서 왜 묻는지. 아무튼 나의 명목상 취미는 언제나 독서였다. 사실 좀 억울하긴 했다. 나는 책 읽기를 정말로 좋아하는 사람이었고, 굳이 따지자면 내 취미는 독서가 맞는 듯했다. 하지만 별다른 취미가 없기는 마찬가지로 보였던, 실제로 책도 별로 안 읽었을 가능성이 농후한 당시의 선생님들은 "독서가 취미라고 하지 마라. 독서는 생활이다. 독서 말고 특별한 취미를 하나씩 갖는 것이 좋다"는 식으로 말하곤 했다. 모르긴 해도 학생 태반이 독서를 취미라고 써냈을 텐데, 그들도 책을 별로 안 읽기는 마찬가지였다.

고2나 고3에게 취미가 뭐냐고 묻는 사람은 없어서 한동안 사라졌던 그 질문은 대학생이 된 이후 미팅 자리에서 다시 등장했다. 무의미한 호구조사의 일환으로, 혹은 다시 만날 이유를 하나라도 찾아볼 요량으로 서로 주고받았던 그 질문. "취미가 뭐예요?"

머리가 좀 커서 '허세가 없는 척하기'라는 새로운 허세가 생겼을 무렵이라, 그리고 미팅에서 특별히 맘에 드는 상대를 만난 적이 없었던 터라, 그때는 "특별한 취미가 없다"는 대답을 시크하게 하고 말았다. 그러면서도 일종의 강박을 느끼지 않을 수 없었다. 인간이 스무 살이 넘었는데도 그럴듯한 취미 하나 없다니. 도대체 언제 나는 취미다운 취미를 가질 수 있을까?

사실, 헛짓은 정말 많이 했다. 일단 지하철 노선과 버스 노선을 쓸데없이 암기했고(그럴 시간에 운전면허나 일찍 딸걸), 커피의 세계에 입문해보겠다고 유명 커피하우스를 찾아다니기도 했고(그 유명한 강릉의 보헤미안이 혜화동에 있을 때였다), 영화평론가를 꿈꾸며 단성사부터 프랑스 문화원까지 뻔질나게 드나들었고(영어 회화 학원이나 갈걸), 남들과는 다른 음악을 듣겠다며 청계천에 '빽판'을 사러 다녔다(그 시간에 악기라도 하나 배웠어야 한다).

이런 짓들로 청춘을 허비한 자가 당시엔 꽤 많았다. 하지만 내 주변엔 극히 드물었다. 내 신분이 의대생이었기 때문이다. 내가 나중에 진료 대신 저널리스트의 길을 택했을 때, 많은 친구의 반응이 '깜놀'보다는 '걔, 그럴 줄 알았다'였던 걸 보면, 떡잎(?)부터 좀 남다르긴 했다.

그럼에도 불구하고 이십대를 다 보내도록 나는 내 취미가 뭔지 몰랐다. 노는 건 다 즐거웠고, 공부하는 건 즐겁지 않았다. (공부도 사실 즐거웠다. 시험 보는 것도 즐거웠다. 시험 성적을 보는 게 괴로웠을 뿐.)

깨달음은 갑자기 찾아왔다. 서른 살 무렵이었다. 나도 취미가 있었다는 사실을 그제야 깨달은 것이다. 여행준비. 흔히 취미로 삼는 주제 목록에 아예 없었던 것이라 인지하지 못했을 뿐, 이걸 취미라고 주장하는 사람을 한 번도 만난 적이 없어서 미처 생각지 못했을 뿐, 내 취미는 여행준비였다.

어릴 때부터 그랬다. 아버지가 가끔씩 사오셨던, 1974년부터 매달 나오다가 10여 년 전에 폐간된 『월간 시각표』라는 잡지를 뒤적이는 일이 나는 너무나 즐거웠다. 그 잡지에는 우리나라의 기차, 고속버스, 시외버스, 여객선, 비행기 등의 출도착 정보와 가격 등이 작은 글자로 빽빽하게 적혀 있었는데, 주된 독자는 관광 운수업 종사자, 기업의 출장비 정산 담당자, 그리고 여행 애호가들이었다. '자가용' 시대가 오기 전이니, 당시 여행준비가 취미였던 사람들에게는 필독서였을 터다.

비둘기호, 통일호, 무궁화호, 새마을호. 모든 등급의 열차가 정차하는 큰 역도 있고, 비둘기호만 정차하는 작은 역도 있구나. 아, 이렇게 많은 기차역이 있구나. 같은 통일호라도 어떤 역에서는 1분을 정차하고 어떤 역에서는 3분을 정차하는구나. 같은 무궁화호인데 야간열차는 조금 천천히 가는구나. 경부선, 호남선, 전라선, 동해남부선, 경춘선…… 노선도 참 많구나.

고속버스가 가는 곳은 제법 큰 도시. 시외버스만 가는 곳은 좀 작은 도시. 부산에서 속초까지 그 먼 길을 바로 가는 버스도 있네? 그럼 춘천에서 순천 가는 버스도 있을까? 천안에서 밀양은? 이건 왜 없지? 이 노선은 하루 21편, 저 노선은 하루에 달랑 2편. 앗, 같은 도시에 터미널이 두 개인 곳도 있네?

섬도 참 많구나. 이 많은 섬에 다 사람이 살고 있구나. 여기 사는 사람들은 서울 한 번 가려면 도대체 몇 번을 갈아타야 하는 거지? 나는 이토록 많은 섬 중에 평생 몇 군데나 가볼 수 있을까? 이 책 한 권만 있으면 당장이라도 '전국일주'가 가능하겠구나. 언제 알게 된 단어인지는 모르지만 '전국일주'라는 단어만 들으면 가슴이 설렜고, '세계일주'라는 단어를 들으면 몸이 붕 떠오르는 것 같았다.

당연히 지도를 보는 것도 좋아했다. 어린 나에게 지도는 정말 놀라운 사물이었다. 내가 사는 도시만 해도 이렇게 큰데(버스를 타고 45분은 나가야 극장과 백화점이 몰려 있는 도심이 나왔다), 서울에서 부산까지 가려면 그 빠른 기차를 타고 5시간은 가야 하는데, 지도에서는 그 도시 전체가 점 하나였고, 대한민국은 손톱만 했다. 소련은 정말 넓구나, 미국은 정말 멀구나, 영국은 그렇게 크지 않구나. 언젠가 가보겠지?

사실 집에 변변한 지도도 없었다. 누나의 『사회과부도』를 누나보다 훨씬 오랜 시간 들여다본 게 나였다. 가장 갖고 싶었던 물건 중 하나는 지구본이었다. 외국 영화에 등장하는 커다란 저택의 서재에 놓여 있는 저 근사한 지구본은 값이 얼마나 할까. 언젠가 내가 성공하면 저것을 사고야 말리라. (아직도 그런 건 못 샀다. 그저 직경 30센티미터쯤 되는 지구본을 갖고 있을 뿐. 커다란 지구본

값은 마련했는데, 그걸 둘 만한 폼 나는 서재가 없다.)

어린 나를 사로잡은 것 중 하나가 비행기였던 건 당연한 이치다. 종이를 접어서 날리는 그 비행기 말고 진짜 비행기. 장난감 비행기 말고 사람이 타는 진짜 비행기. 국제선은 아주 특별한 사람들이나 타는 것이고, 제주도 가는 비행기도 타기 어렵던 시절, 비행기 역시 '언젠가 내가 성공하면' 타볼 수 있는 일종의 로망이었다.

어릴 때 실제로 '여행'이라는 걸 떠났던 기억은 많지 않다. 여행이라는 단어에 '집 밖에서 잔다'는 의미가 반드시 포함되는 거라면 그렇다. 다들 먹고살기 힘들었던 시절이라, 우리 부모님에게도 가족여행 같은 것은 사치였다. 다른 도시에 사는 친척 집에 가서 하루나 이틀 머물렀던 것을 빼면, (호텔은 언감생심, 여관이나 민박집에서) '자고 오는' 여행은 매우 드물었다.

하지만 당일치기 여행도 포함하자면, 나는 여행을 참 많이 한 편이다. 아버지 덕택이다. 생계와 아무런 관련이 없는데도 1년에 『월간 시각표』를 한두 권씩 꼭 구입했던 데에는 다 이유가 있었다. 여행준비는 사실 유전자에 새겨져 있었던 취미다.

그 유전자가 본격적으로 발현되기까지는 시간이 좀 걸렸다. 이십대 중반까지는 시간이 없었고 돈은 더 없었다. 그 무렵 들었던 어느 선배의 푸념이 잊히질 않는다. "돈이 있는 놈들은 유주얼리 시간이 없고, 시간이 있는 놈들은 유주얼리 돈이 없다. 근데 젠장,

왜 나는 둘 다 없지?"(그 선배는 지금 시간은 많은데 돈이 없다. 하나라도 생겼으니 다행이라고 해야 하나.) 무엇보다 여행, 특히 해외여행이라는 문화 자체가 없었다. 지금은 '해외여행자유화'라는 단어 자체가 낯설게 들리지만, 우리 국민이 자유롭게 외국에 나갈 수 있게 된 것은 1989년 1월 1일 이후다.

시행은 1989년부터이지만 결정은 그 전해, 서울올림픽 무렵에 내려졌다. (노태우 전 대통령의 가장 큰 업적?) 당시 대학 신입생이었던 내게 그 소식은 그야말로 충격이었다. 내가 (돈만 있으면) 외국에 나갈 수 있다고? 병역 미필자도 서류 몇 개만 더 준비하면 '여권'이라는 걸 가질 수 있다고? 솔직히 그 전까지는 해외여행을 구체적으로 상상해본 적이 없었다. 언젠가는 가능할 것이라 막연히 꿈꾸던 일이 갑자기 손에 잡힐 듯 가까워진 것이었다.

일본 책을 거의 베꼈다고 알려진 '세계를 간다' 시리즈가 출간되기 시작했고, 대학생들은 '유레일패스'라는 신기한 티켓 관련 정보를 공유하며 술렁이기 시작했다. 실제로 몇몇 친구들은 자유화 직후부터 배낭여행을 떠나기도 했다. 하지만 나는 돈도 없었고 용기도 없었다. 배낭여행은 여름방학이 딱인데, 여름방학은 아르바이트에도 딱이다. 더욱 낭만적인 배낭여행은 겨울방학이 제격인데, 겨울방학은 더욱 많은 아르바이트를 하기에도 제격이다.

대신 몇 권의 '세계를 간다' 시리즈를 사서 읽었다. 유레일패스를 최대한 싸게 사서 최대한 많이 타는 방법을 연구했다. 가장 적은 돈으로 한 달 동안 16개국을 돌아다닐 수 있는 방법을 찾았다. 유럽에 간 친구들이 보내준 엽서를 읽으며 부러움을 삼켰다. (그때는 '엽서'라는 걸 주고받았다.) 방학이 끝나고 나면 한동안 친구들의 유럽 무용담을 들었다. 인터넷은 고사하고 아직 천리안이나 하이텔도 생기기 전이었으니, 가이드북을 제외하면 친구들의 경험담이야말로 가장 소중한 여행 정보의 원천이었다. 듣다보니 결국 다 비슷한 이야기를 하고 있었다. 첫 도시와 마지막 도시가 달랐을 뿐, 대체로 비슷비슷한 도시들을 섭렵했고, 비슷한 곳에서 사진을 찍었고, 비슷한 곳에서 감격하거나 실망했고, 비슷한 방법으로 기지를 발휘하거나(꼼수를 부리거나) 실수를 했다(민폐를 끼쳤다).

몇 년의 시간이 더 흘렀다. 그사이에 PC 통신이라는 게 생겼고, 여행 책자들은 훨씬 더 많이 쏟아져 나왔으며, 패키지 여행을 떠나는 사람도 크게 늘었다. 나의 대학 시절도 끝나가고 있었다. 이렇게 그냥 졸업하면 곧바로 인턴, 레지던트, 군의관 혹은 공중보건의사로 흘러갈 텐데…… 그럴 수는 없었다. 우여곡절이 있긴 했지만, 평생 처음 국제선 비행기를 타는 날이 오고야 말았다. 홍콩을 경유해 파리의 샤를 드골까지 가는 캐세이 퍼시픽이었다. 그게 가장 싼 표였다.

3. 아무튼
외국어

제목과 달리 여행준비의 '기술'이 안 나온다고 불평하실 분들이
계실지 모르니, 이쯤에서 중요한 기술 하나 투척해본다. 여행준비
의 기술 중 매우 중요한(어쩌면 가장 중요한) 한 가지는 '여행의 명
분'을 만드는 일이다. 여행을 좋아하는 사람은 아주 많지만, 여행
에는 숱한 제약이 따른다. 혼자 살고 시간과 돈이 아주 많은 사람
이라면 모를까, 여행을 가기 위해서는 포기해야 하는 다른 것들이
뒤따를 수밖에 없다.

경제 공동체의 구성원들과 지출 관련 코드를 맞춰야 하고, 같이
떠날 사람과 시간도 함께 내야 한다. 늘 같이 다닐 짝꿍이 있는 사
람이라면 어느 한쪽이 여행을 덜 좋아하거나 내켜하지 않을 수도
있으니, 얼마나 자주, 얼마나 길게, 얼마나 멀리 갈 것인지를 현명

하게 결정해야 한다. 여행을 좋아하더라도 선호하는 스타일은 크게 다를 수 있으니, 그것 역시 잘 조율해야 한다. 짝꿍이 없다면, 누구랑 같이 갈 것인지도 신중하게 정해야 한다. 혼자 하는 여행도 그 나름의 장점이 있지만, 동반자가 있는 게 여러모로 좋으니까.

부부라면 두 사람이 똑같은 정도로 여행을 좋아할 확률보다는 그렇지 않을 확률이 높다. 그러니 타협이 요구된다. 둘 다 좋아하더라도, 한쪽(대개는 남편)이 철이 덜 들었을 수 있으니, 여행보다 훨씬 더 중요한 일을 여행 때문에 포기하지 않도록 누군가는 '힘 조절'을 해야 한다.

우리의 활동을 굳이 '생산적인 활동'과 '비생산적인 활동'으로 나눈다면, 여행은 후자다. '행복은 비생산적인 활동에서 나온다'는 것이 나의 지론이긴 하지만, '미래의 (불확실한) 행복을 위해 현재의 (확실한) 행복을 포기하지 말자'는 게 인생관이긴 하지만, 무작정 놀 수는 없지 않은가. 아이들에게 '개미와 베짱이' 동화를 들려주는 게 다 이유가 있는 거다. 게다가 한계효용 체감의 법칙은 노는 일에도 적용되니, 사람이 일을 열심히 할 때가 있어야 여행이나 휴가가 더욱 달콤해지는 법이다.

그러니 너무 열심히 일만 하다가 여행 갈 기회를 놓치지 않도록, 별생각 없이 여행을 떠났다가 근원을 알 수 없는 죄책감(혹시 너무 자주 놀러 다니는 게 아닐까, 이 돈을 저축했어야 하는 건 아닐까 등등)에 시달리는 일이 없도록, 우리는 성실한 자세로 여행의 명분을 미리미리 쌓아야 한다. 그래야 더 자주 떠날 수 있고, 떠났을 때 더 당당하게 놀 수 있다.

크게 두 가지 방법이 있다. 하나는 특별한 노력을 하지 않아도 시간만 지나면 저절로 찾아오는 시점을 기념하는 것이다. 결혼기념일이나 생일 때마다 여행을 떠나는 건 어렵다 하더라도, 결혼 5주년, 10주년, 20주년, 25주년 기념일이나 30세, 40세, 50세, 60세 생일 등은 여행을 떠날 충분한 명분이 되지 않나. (생일을 10년에 한 번 기념하는 건 너무 띄엄띄엄이 아니냐고 생각할 필요 없다. 부모님 생신도 있고 배우자 생일도 있고 아이들 생일도 있다.) 입사 10년, 20년 등도 좋고, 자녀의 초등학교, 중학교, 고등학교, 대학교 졸업도 좋다.

다른 하나는 무엇이든 노력해야 얻을 수 있는 '성취'를 기념하는 것이다. 굳이 거창할 필요는 없다. 우리가 살면서 뭔가 대단한 걸 이루기는 쉽지 않으니, 적당히 만만하면서도 적당히 어려운, 남들이 알아주지는 않아도 스스로나 주변 사람들은 기쁜 마음으로 치하해줄 수 있는 뭔가를 목표로 설정하고, 그걸 이룬 기념으로 여행을 떠나면 된다. 책을 한 권 낸다거나(나는 이 책이 나오면 한 번 떠나고 싶다. 바이러스가 방해하지 않는다면), 승진을 한다거나 하는 일도 물론 좋고, 악기를 하나 새로 배워서 한 곡을 끝까지 연주할 수 있게 된다거나, 다이어트에 성공해 목표했던 체중에 도달한다거나 하는 일도 좋다. 기쁜 일을 여행으로 자축할 수 있어서 좋고, 여행이라는 보상이 존재함으로 인해 목표 달성이 앞당겨질 수도 있으니 일석이조다.

두 가지 종류의 명분 쌓기가 적당히 섞여 있는 방법도 있으니, 그건 바로 '여행 적금'이다. 저축이라는 노력을 해야 하지만 크게 부담 없는 액수를 매달 적립하며 기다리기만 하면 '그날'이 찾아온다. 여행 경비와 함께. 기간은 2년 정도가 적당하고, 월 납입액은 형편이 되는 대로 10만 원이든 20만 원이든 본인이 정하면 된다. (은행에 직접 가서 가입하면 창구 직원이 흔히 '3년 붓는 게 이율이 더 높다'며 유혹하지만, 단호하게 '2년'이라고 말해야 한다. 3년은 너무 길다.) 그리고 잊지 말아야 할 점은, 여행 적금은 끊어지면 안 된다는 것이다. 만기가 돌아오면, 그 돈으로 여행을 떠났든 안 떠났든(여행 적금 만기에 딱 맞춰서 여행을 떠날 수 있다는 보장은 없다), 지체하지 말고 곧바로 새로운 적금을 들어야 한다.

누구나 좋아할 방법은 아니지만, 내가 적극적으로 주변에 권하는 '노력형' 명분 쌓기 방법은 외국어 공부다. 물론 우리가 몇 달 혹은 1~2년 공부한다고 해서 외국어 하나를 능숙하게 할 수는 없다. 영어도 제대로 못 하는데 스페인어, 타이어, 아이슬란드어 따위를 공부한다는 건 도대체 말이 안 된다고 여겨지기도 한다. 옛날과 달리 스마트폰이라는 신통한 기기가 있으니 웬만한 메뉴판은 읽을 수 있고 간단한 의사소통도 가능하지만, 그 나라 말을 좀 배운 다음에 하는 여행은 그 느낌이 뭐가 달라도 다르다.

내가 여행을 앞두고 외국어 공부를 시작한 것은 결혼 이후였다. 신혼여행을 다녀온 이후 2년이 다 되도록 여행이라곤 꿈도 못 꾸고 있었다. 부부가 모두 눈코 뜰 새 없이 바빠서였다. 대학병원 전공의였던 아내는 특히 바빴다. 하지만 여행준비라는 취미의 최대 장점 중 하나는 아무리 바빠도 어느 정도는 즐길 수 있다는 것 아닌가. 여행 갈 시간이 없을 정도로 바쁠수록, 코로나19 같은 특별한 상황이 생겨 여행을 갈 수 없는 때일수록, 여행준비라는 취미는 진가를 발휘한다. 가이드북과 지도를 뒤적이며 틈틈이 여행 떠날 궁리를 하곤 했다.

다행히 훌륭한 '명분'이 생겼다. 결혼 2주년 무렵인 2003년 2월은 아내가 4년 동안의 전공의 과정을 마치고 전문의 자격을 취득하는 시점이었다. 의과대학을 다니고 인턴, 레지던트 시절을 보내면서 10여 년을 바쁘게 달려온 끝에 드디어 진짜 전문가가 되는 것이니, 이럴 때 여행을 안 가면 언제 간단 말인가.

전문의 시험 준비로 바빴던 아내도 동의했다. 여러 가지를 고려한 끝에, 여행지는 이탈리아로 정해졌다. 그중에서도 가장 중요한 목적지는 '아말피'였다. 지금은 한국인도 많이 가는 곳이지만 당시만 해도 덜 알려진 곳이었던 아말피를 선택한 가장 중요한 이유는 '드라이브'였다. 영화 007 시리즈에서 제임스 본드가 미녀를 옆에 태우고 오픈카를 모는 꼬불꼬불한 해안도로, 커브를 돌면 눈앞에 펼쳐지는 풍경에 저절로 탄성이 나오는 그런 곳을 드라이브하는 것은 나의 오랜 로망이었다. 아말피는 007 영화의 촬영지로 사용된 적은 없지만, 1999년에 내셔널지오그래픽이 선정한 '죽기 전에 꼭 가봐야 할 곳' 목록에서 1위에 오르기도 했던, 세계적인 명소다. (초보 운전자를 제외한 모든 분께 강추다.)

그때까지 나는 외국에서 운전을 해본 적이 없었다. 내비게이션이 없던 시절, 낯선 나라에서 운전을 하며 돌아다니는 것은 약간의 용기와 상당한 준비를 필요로 하는 일이었다. 심지어 이탈리아, 특히 내가 가려던 이탈리아 남부는 사람들이 거칠게 운전하는 걸로 유럽에서 짱 먹는 지역이기도 했다.

계획을 세우다보니 기본적인 이탈리아어 단어는 알아야겠다는 생각이 들었다. 최소한 출구와 입구는 구별해야 할 것이고, 주차금지, 진입금지, 일방통행, 만차, 가솔린, 디젤, 가득, 휴게소 같은 단어도 알아두면 좋을 테고, 혹시 길을 잃어 헤맬지 모르니 오른쪽, 왼쪽 같은 단어나 길을 묻는 데 필요한 문장도 쓸 일이 있을 듯했다. 간단한 인사말이나 숫자도 당연히 알면 좋을 테고, 메뉴판에 나오는 음식, 식재료, 조리법 이름도 기본적인 것은 이해하면 좋을 듯싶었다.

결국 나는 이탈리아어 회화 책을 두 권 샀다. 그중 한 권에는 카세트테이프(휴, 오래전이다) 두 개가 딸려 있었다. 3개월을 거의 매일 조금이라도 책을 읽고 테이프를 들었다. 단어 공부를 하다가 가이드북을 보고 테이프를 듣다가 지도를 보는 식으로 여행준비가 이어졌다. 그리고 구박도 아니고 질타도 아니지만, 아내는 묘하게 차가운 시선을 보냈다. 아내는 아무 말도 안 했지만 이런 소리가 들리는 듯했다. 평소에 다른 거나 좀 열심히 하지. 여행 한번 가는데 뭔 외국어 공부를 그렇게 열심히 하냐. 마누라 바쁜데 시간 있으면 청소나 좀 하든지.

공부한 보람이 있었냐고? 물론이다. 무엇보다 추억이 더 많이 쌓인다. 이를테면 이런 일들 때문에.

로마 시내를 돌아다니던 중 점심을 먹으러 어느 작은 식당에 들어갔다. 좁은 골목 안쪽에 위치한, 가정식 백반집 분위기의 허름한 식당이었다. 그리고 영어 메뉴판이 없었다. (관광지 주변이 아니면 로마 시내라도 영어 메뉴판이 없는 곳은 드물지 않았다.) 하지만 나는 지난 몇 달간 어휘 공부를 열심히 하지 않았던가. 아는 단어가 꽤 있었다. (모르는 단어가 더 많기는 했다.) 그런데 애피타이저 중 하나의 이름에 아는 단어가 세 개나 있었다. 튀김, 호박, 그리고 꽃. 궁금했다. 호박으로 뭔가 꽃 모양을 만들어서 튀기는 건가? 야채튀김 비슷한 것에 꽃잎을 얹어서 주는 건가? 아니면 진짜 호박꽃을 튀기는 건가?

과연 어떤 게 등장할지 긴장감(?)이 감도는 10분이 지난 후, 내가 시킨 음식이 나왔다. 얇은 튀김옷을 살포시 입은 호박꽃 대여섯 송이가 접시에 놓여 있었다. 노란 호박꽃 속에는 치즈로 추정되는 약간의 소가 들어 있었는데 상당히 맛있었다. 나중에 찾아보니 호박꽃 튀김은 이탈리아에서 특히 봄철에 많이 먹는 유명한 요리였다.

솔직히 나는 괜히 으쓱했다. 이게 다 내가 열심히 공부한 덕분이지. 아내도 '오, 제법인데? 기특한걸?' 뭐 이런 반응을 보였다.

가이드가 골라준 음식이었다면, 영어 메뉴를 보고 고른 것이었다면, 비싼 코스 요리의 일부로 나온 것이었다면, 이렇게 평생 기억할 만한 추억은 생기지 않았을 것이다. 여행준비의 가장 큰 장점은 여행이 풍성해지는 게 아니라 추억이 풍성해지는 거다. 여행을 앞두고 그 나라 말을 조금만 공부하면 더 많은 추억을 만들 수 있다. 메뉴판을 읽고 원하는 걸 주문하는 데 필요한 단어들을 익히는 일은 특히 중요하다.

이제 누구나 사전과 번역기를 들고 다니는 시대가 됐다. 사진을 찍듯이 메뉴판에 갖다 대기만 하면 곧바로 현지어로 바뀌어 보이는 '구글 렌즈'라는 앱도 등장했다. 언젠가는 더 성능 좋은 통·번역 앱이 나와서 전 세계 어느 나라 사람과도 자유롭게 의사소통하는 날이 올지도 모른다. 하지만 눈에 보이는 모든 단어에 구글 렌즈를 들이댈 수는 없지 않나. 힘들어도 운동을 하고 등산을 하는 것처럼, 여행을 준비하며 그 나라 말을 공부하는 것은 여행에 필요한 근력을 키우는 좋은 운동이다.

4.   우아하게 돈 쓰는 데
필요한 영어

며칠 전 강양구 기자가 메시지를 보냈다. 책 쓰기는 잘 진행되고 있냐고 물었다. 그는 내가 아는 사람 중 최고의 독서가이자 과학 저널리스트다. 'YG와 JYP의 책걸상'이라는 책 팟캐스트를 나와 함께 진행하는 짝꿍이며, 이 책을 얼른 쓰라고 여러 번 부추긴 자다. 아주 친하지만, 이 책을 읽어보고 마음에 들지 않으면 가차 없이 쓰레기라고 말할, 소신 발언의 아이콘이기도 하다. (그래서 그는 친구도 많고 적도 많다.)

이제 겨우 몇 꼭지 썼을 뿐인데, 쓰다보니 '허세 고백서'가 되어가서 걱정이라고 답했다. 그는 요즘은 '플렉스'가 대세라고, 그 정도의 허세는 용인할 만하니 걱정 말고 달려보라고 격려했다. (원고 미룰 핑계 찾지 말고 일단 쓰라고 구박도 했다.)

그리하여 마침 외국어 이야기도 나왔겠다, 이번에는 '우아하게 돈 쓰는 데 필요한 허세 영어' 이야기를 해보려 한다. 허세가 전혀 없는 분이나, 영어를 모국어 수준으로 구사하는 분이나, 평소 자린고비라는 말을 자주 듣는 분들은 건너뛰어도 좋다.

한국인은 영어 공부를 참 많이 한다. 영어 실력이 천차만별이긴 하지만 잘하는 사람은 잘하는 대로, 못하는 사람은 못하는 대로 스트레스를 많이 받는다. 영어를 아예 못하는 사람은 그리 많지 않다. 외국인이 영어 할 줄 아느냐고 물으면 거의 온 국민이 '어 리를'이라고 대답하지 않나?

나는 한국인의 영어 실력을 세 단계로 나눈다. 돈 쓰는 데 필요한 영어가 가능한 사람은 중간 레벨이다. 이 책의 독자 대부분이 여기에 속할 것이다. 나도 여기에 속한다. 영어를 사용하며 돈을 쓸 수는 있는데, 돈을 벌지는 못한다. 돈 버는 데 필요한 영어까지 가능한 사람이 상위 레벨에 있고, 영어가 잘 안 통해서 돈을 쓰는 데도 적지 않은 불편함을 겪는 사람이 하위 레벨이다.

문제는 중간 레벨의 사람들이 영어를 사용하며 돈을 쓸 때, 많은 경우 썩 유쾌하지 않다는 데 있다. 의사소통은 되는데, 뭔지 모르게 폼이 안 난다. 분명히 내가 갑이어야 하는 상황인데, 영어를 잘 못해서 괜히 을이 된 듯한 기분일 때가 있다. 알고 보면 나도 공부 많이 했고 나름 교양 시민인데, 별것 아닌 영어 표현 하나를 몰라서 무지렁이가 된 듯한 찜찜함을 느낄 때가 있다. 내가 이러려고 그렇게 오랫동안 영어를 공부했나 싶은 자괴감이 드는 순간이 많은 것이다.

장소가 무척 '고급진' 곳일 때, 제법 많은 돈을 쓰려고 할 때, 옆에 '잘 보이고 싶은' 동행들이 있을 때라면 더욱 그러하다. 돈은 돈대로 쓰면서 폼은 못 잡는, 한마디로 '있어빌리티'에 심각한 손상이 오는 순간들이 있는 것이다.

예를 들면 이런 순간. 내가 언젠가 예약한 호텔은 반드시 발레파킹을 맡겨야 하는 곳이었다. 외출을 위해 1층으로 내려온 나는 주차 데스크에 가서 티켓을 냈다. 굳이 말을 하지 않아도 된다. 그런데 차가 현관에 도착할 때까지 15분이나 걸렸다. 오래 기다리는 것도 어 리를 빗 짜증나는 일이었지만, 그보다 더 화나는 일이 있었다. 다른 손님들은 티켓을 건네자마자 안내를 받으며 문밖으로 나가는 것이 아닌가. 그의 자동차는 이미 현관 앞에 세워져 있고.

아, 객실에서 미리 전화를 건 다음 여유 있게 내려오는 거구나. 오케이. 나도 다음에는 그렇게 해야지 마음먹었다.

문제는 이튿날 아침에 생겼다. 어제의 실수를 반복하지 않기 위해 객실을 나가기 전에 전화를 걸었는데, '차 좀 빼주세요'라는 말을 뭐라고 해야 할지 모르겠는 거다. 내가 이러려고 그 오랜 시간 동안 영어 공부를 했나……. 플리즈 브링 마이 카? 캔 유 테이크

아웃 마이 카? 물론 거지같이 말해도 그들은 찰떡같이 알아듣고 티켓 넘버를 부르라고 했고, 나는 몇 개의 숫자를 말한 다음 전화를 끊었다. 15분쯤 지나서 로비로 내려가니 내 차가 떡하니 현관 앞에 서 있기는 했지만, 뭔지 모르게 찜찜하기는 마찬가지였다.

나중에 원어민에게 물어봤다. 이 상황에서 사용하는 우아한 표현으로는 무엇이 있냐고. 그랬더니 'retrieve'라는 동사를 알려줬다. 즉, Can I retrieve my car?라고 하면 되는 것.

내가 원래 아는 단어는 아니었다. 그도 그럴 것이, 미국인들도 발레파킹된 차를 가져다달라고 말할 때 말고는 별로 안 쓰는 단어라고 했다. 사전을 찾아보니 '(특히 제자리가 아닌 곳에 있는 것을) 되찾아오다'라고 되어 있었다. 이런 단어를 내가 알 턱이 있나.

그다음부터는 언제나 객실에서 미리 전화를 걸어 당당하게, 최대한 빠른 속도로, 위의 문장을 읊조리곤 했다. 그러면 상대방이 이렇게 답한다. Sure. May I have your ticket number, Sir? 전에는 못 들었던 것 같은 'Sir'가 뒤에 붙었다! ('선생님' 소리 들었으니 1달러라도 팁을 더 줘야 하긴 하지만 폼 한번 잡는 데 1달러 정도야 까짓.) 허.세.작.렬.

이런 표현은 의외로 많다. 평소보다 조금은 더 허세를 부리고 싶은 여행 중에, 시크하게 한마디 던짐으로써 조금이나마 폼 잡는 데 도움이 되는 표현들을 정리해본다. 모든 경우에 여러 표현이 가능하겠으나, 이 책은 영어 회화 교재가 아니니, 한두 가지씩만.

- 쇼핑몰 등에서 무료 주차 처리를 요구할 때는 "Can I validate my parking ticket?" 정도가 좋겠다. 프리 파킹 오케이? 파킹 스탬프 플리즈? 이런 것보다 있어 보이지 않나.

- 호텔 등의 장소에서 뭔가가 무료인지 아닌지 궁금할 때는 "Is it complimentary?"라고 하면 좋다. 이즈 잇 프리?보다는 고급지다. 공짜는 누구나 좋아한다. 당당하게 물어보자.

- 레스토랑에서 '앞접시' 달라고 말할 때는 "Can I have some extra plates?"라는 표현이 좋겠다. 원 모어 디시, 뭐 이런 이야기는 하지 말고. 식당에서 dish는 음식이라는 뜻으로 쓰이니, 원 모어 디시 플리즈, 라고 하면 메뉴판을 다시 가져다줄 거다.

- 레스토랑 종업원들이 다가와서 다 먹었냐고 물을 때, "아직 덜 먹었어요"는 뭐라고 하면 좋을까. "Still working"이 정답이다. 낫 옛, 이런 건 없어 보인다. 반대로 다 먹었으니 접시 치우

라고 하고 싶으면, "I'm done." 이렇게 말하면 된다. 포크와 나이프를 나란히 놓으면 다 먹었다는 뜻이고 양쪽으로 벌려놓으면 아직 먹는 중이라는 뜻이라고 어릴 때 배웠지만, 아무리 양쪽으로 벌려놓아도 그들은 틈만 나면 다가와서 다 먹은 거냐고 묻는다. 다 먹은 접시는 최대한 빨리 치우는 게 좋은 서비스라고 생각하기 때문이고, 다 먹은 접시를 얼른 치워야 후식을 추가로 주문할 가능성이 높아지기 때문이다.

- 여러 음식을 맛보고 싶어 이것저것 시켰는데 음식이 남았을 때, 포장해달라는 말은 어떻게 하면 좋을까? '포장'이라는 단어를 영어로 바꾸려 하면 복잡해진다. Can I get a doggy bag? 이렇게 말하면 적당하다. 실제로 개에게 주려는 게 아니라 호텔 방에서 맥주 안주로 먹을 계획이지만, 흔히들 그렇게 말한다. 왠지 개밥을 먹는 듯한 찜찜한 기분이 싫다면, 그냥 Can I get a box?라고 말해도 다 알아듣는다. 실제로 박스나 봉투를 가져다주기도 하고, 남은 음식을 가져다가 잘 포장해서 건네주기도 한다. 일부 우아한 식당에서는 테이블로 가져다주지 않고 나갈 때 건네주기도 하니, 왜 남은 음식 가져가더니 안 주냐고 화낼 필요는 없다.

- 옷가게에서 이게 세일 품목인지 아닌지 궁금할 때는 뭐라고 할까? Is this for sale? 이렇게 물으면 안 된다. 이건 "파는 물건입니까?"라는 말이니, 당연히 그렇다고 대답할 것이고, 그다음에 우리가 하우 메니 퍼센트? 이렇게 되물으면 분위기가 어색해진다. 세일 여부를 물을 때는 Is this on sale?이라고 해야 한다.

- 레스토랑에서 음식 주문하는 일은 누구나 얼마쯤 할 줄 알지만, 경우에 따라 약간은 다른 느낌적인 느낌이 있다. 가장 무난한 건 Can I have~ 정도이고, 스타벅스 같은 데서 음료 주문할 때는 have 대신 get을 써도 괜찮다. 하지만 고급 레스토랑에서는 약간의 허세를 넣어서 Can I order~ 라고, 목소리를 좀 깔아서 주문하는 게 폼이 난다. I'll have~ 이런 식의 표현도 무난하다. May I have~ 이런 표현이 최악이다. 이건 유치원생이 엄마한테 "하나 더 먹어도 되염?" 하고 말하는 느낌이다. 돈이 떨어져 음식을 공짜로 달라고 할 때가 아닌 이상 이런 말은 노노. 그리고 무엇보다 중요한 한마디. 먹고 싶은 걸 전부 주문했는데, 그다음엔 또 뭘 시킬 거냐고, 애니싱 엘스? 같은 말로 물어올 때는 뭐라고 할 것인가. 그럴 때 쓰는 표현은 이거다. That's it.

내가 뭔가 하고 싶은 말을 못 하는 것도 답답하지만, 상대방이 하는 (별것 아닌) 말을 알아듣지 못해 당황하는 것도 유쾌하지 못한 경험이다. 우리가 여행 중에 흔히 들을 수 있는, 갑자기 들으면 이해하지 못할 수 있지만 예상하고 있다가 들으면 (현지인들과 똑같이 빠른 박자로) 쉽게 대답할 수 있는, 다음과 같은 표현들도 알아두면 좋다.

- 물건을 구입하고 계산을 마쳤을 때, 대부분의 점원은 물건을 건네주면서 다음과 같이 말한다. "Would you like your receipt in the bag?" 우리 문화는 영수증을 손에 쥐어주는 게 보통인데, 특히 미국에서는 대부분 이렇게 묻고, 손님들은 미소를 지으며 그러라고 한다. 내 짐작이지만, "그럼, 그럼, 어련히 알아서 정확히 했겠어? 난 네가 실수로 돈을 더 받을 만큼 멍청하거나 일부러 바가지를 씌울 만큼 부도덕하다고 생각하지 않아. 그래서 영수증 내역을 꼼꼼하게 확인하지는 않을 거야. 그냥 거기다 넣어줘." 이런 의미가 숨어 있는 듯하다. 그러니 웬만하면 Sure나 OK라고 답하면 된다.
  물론 금액이 제대로 청구됐는지 확인하고 싶은 마음도 들고, (특히 외국에서는) 그래야 하는 게 맞다. 하지만 봉투를 받아서 돌아선 다음 영수증을 꺼내서 확인하면 된다. 굳이 "내가 너를 어떻게 믿니?"라는 느낌을 주면서, "아니, 나에게 직접 줘"라고 말할 필요는 없다. 유난히 계산원이 미덥지 않다거나 해서 반드시 직접 영수증을 받고 싶을 때는 이렇게 말하면 적당하다. Let me take it. 이 말이 얼른 나오지 않으면 손을 내미는 것만으로도 충분하지만, 그럴 때에도 미소는 잊지 말자. 의심스러워도 의심하는 티는 내지 않는 게 신사 숙녀의 품격.

- 특히 미국의 슈퍼마켓에서 흔히 들을 수 있는 말이 Do you want cash back?이다. 내가 처음 이 말을 들은 것은 2년간의 미국 생활을 시작한 첫 주였다. 캐시백? 내가 아는 캐시백은 오케이 캐시백인데, 아, 미국에도 포인트 적립 제도가 있구나. 흔쾌히 예스라고 대답했다. 그랬더니 그가 물었다. 하우 머치? 응? 포인트 적립률은 1퍼센트든 0.5퍼센트든 정해져 있는 거 아닌가? 내가 적립해달라는 대로 적립해주는 거야? 그럼 더 모아 더 베터라고 해야 하는 건가? 이런 생각을 하며 머뭇거리고 있으니 그가 멈칫하더니 '됐다' 하는 표정을 지으며 카드를 돌려줬다. 뭔가 이상했다.

똑같은 일이 며칠 후에도 벌어졌다. 이번에도 뭐라고 말해야할지 몰라 머뭇거리다 계산이 끝났다. 집에 와서 찾아보니,

cash bag이 아니라 cash back이었다. 가령 10달러어치 물건을 구매한 다음 10달러 캐시백을 원한다고 하면, 20달러를 결제한 다음 물건과 함께 10달러를 현금으로 내주는 방식이다. 쉽게 말해 소액의 현금 인출 서비스를 슈퍼마켓 같은 데서 제공하는 것이다. 미국은 땅이 워낙 넓어서 은행이나 ATM 기기를 찾기가 쉽지 않고, 행여 찾는다고 해도 수수료가 매우 비싸기 때문에 생겨난 문화다. 이런 식으로 현금을 인출하면 별도의 수수료도 붙지 않는다. 요즘은 현금 쓸 일이 점점 줄어들어서 캐시백 서비스를 이용하는 사람도 많지 않지만, 많은 계산원은 습관적으로 물어본다. 시크하게 노 땡스, 라고 하면 된다. 참고로, 같은 서비스를 호주나 뉴질랜드에서는 cash out이라고 한다.

• 가게에서 술이나 담배를 사려 할 때 신분증을 요구받을 수 있다. 대개는 ID를 보여달라고 하고, 이걸 잘 못 알아들으면 패스포트를 달라고 한다. 많은 사람이 '내가 스무 살도 안 돼 보이는 건가?'라며 기뻐하는데, 지역마다 다르지만 흔히 '서른 살 미만으로 보이면 반드시 신분증을 확인하라'는 게 규칙이다. 스물아홉 살은 족히 된 것으로 보이는 겉늙은 십대가 술이나 담배를 구입하지 못하도록 하는 게 취지다. 그러니 신분

증 요구를 받으면 상대방이 내 나이를 스무 살이 아니라 서른 살 이하로 본다는 뜻이다. 즉, 이십대가 이런 요구를 받는 건 지극히 당연하고, 삼십대가 신분증 요구를 받으면 동안 혹은 상대방이 외국인의 나이를 잘 가늠하지 못하는 것이다. 참고로 나는 마흔 넘어서도 이 요구를 받은 적이 있다. (동안 플렉스.) 신분증 제시에 응하지 못하면 술이나 담배를 살 수 없다. 그런데 이런 경우의 신분증 요구는 '나이' 확인이 목적이므로, 반드시 여권을 보여야 하는 것은 아니다. 우리 주민등록증이나 운전면허증 제시로도 충분하니, 사고자 했던 물건은 꼭 사시라.

나이 확인이 아니라 신용카드 부정 사용 예방 차원에서 신분증 제시를 요구하는 점포도 있는데, 기분 나빠할 필요는 없다. 점원이 자의적으로 뭔가 의심스러운 사람에게만 요구하는 것이 아니라 그 가게 사장님이 아예 규칙을 정해놓은 거다. 가령 '모든 외국인은 신분증을 확인하라'는 식으로. 그러니 '왜 나만 갖고 그래?' 이런 생각을 하며 괜히 기분 잡치지 말고, 그냥 보여주면 된다.

• 레스토랑에서 음식을 먹고 있을 때 서빙하는 친구들이 다가와서는 꼭 물어본다. Is everything OK so far? 정도가 가

장 흔하고, Are you enjoying~? 이렇게 물어보는 경우도 많다. 두세 번 물어보기도 한다. 자꾸 와서 말 걸고 관심 보이고 물 따라주고 더 필요한 거 없냐고 묻는다. 그게 그들의 본분이고, 그래야 팁 액수가 늘어난다고 생각하기 때문이다. 크게 나쁘지도 않고 그리 좋지도 않을 때는 평범하게 예스, 오케이, 굿이라고 하면 된다. 이걸 음식이라고 갖다줬냐, 내가 이 집에 다시 오면 사람이 아니다, 이게 네 입에는 맛있던? 뭐 이런 말을 하고 싶을 때는…… 참는 게 좋다. 험한 말 한다고 기분이 좋아지지도 않을뿐더러, 나는 원래 심성이 고운 사람이라 그런 표현은 잘 모른다. 그래도 한마디 하고 싶으면 '낫 배드' 정도?

반대로 정말 만족스러울 때는? I love it! 이렇게 말하면 된다. 아주 많이 심하게 만족스러울 때는 이 말을 천천히, 혀를 더 굴려가며, 눈알이나 고개도 같이 움직이면서, 엄지손가락을 치켜들면서 아이일러어어어빗. 이렇게 하면 되겠다. 러브 앞에다 뤼얼리 뤼얼리, 이런 말을 덧붙여도 좋고. 그가 감동해서 뭔가를 서비스로 더 줄지도 모른다. (팁도 더 줘야 한다는 게 함정.)

5. 아버지와 김찬삼

외국어 이야기를 한참 했더니, 아버지 생각이 난다. 부모님은 나에게 공부를 열심히 하라고 말씀하신 적이 거의 없다. 어릴 때부터 책을 좋아하고 호기심이 많은 아이였기 때문일 것이다. 그런데 아버지는 가끔 영어와 일본어를 배우라는 말씀은 하셨다. 이유는 단순했다. 외국어를 할 줄 알면 여행이 훨씬 즐거워진다는 것. 더 즐겁게 살기 위해 필요한 도구로서의 공부.

아버지는 유복한 집안에서 태어났지만 한국전쟁으로 이산가족이 되면서 인생이 꼬였다. 이런저런 사업을 해서 얼마쯤 성공도 경험했지만, 실수도 하고 사기도 당하면서 아버지의 삶에는 여유가 없어졌다. 하지만 늘 책을 좋아했고 여행을 꿈꿨다. 국내여행은 가끔이라도 떠날 수 있었지만, 해외여행은 언감생심이었다. 그도 그럴 것이, 해외여행이 자유화되었을 때 아버지는 이미 환갑 무렵이었고, 자식들 대학 보내고 결혼시키느라 경제적 여유가 전혀 없었던 것이다.

그렇게 여행을 좋아하시던 아버지가 그저 꿈만 꾸는 동안, 대학생인 나는 두 번이나 배낭여행을 갔다. 프랑스와 독일과 영국 등을 돌아다니면서 신문물을 받아들이느라 온몸이 스펀지가 된 듯한 기분을 느꼈지만, 근사한 풍광이나 신기한 사물을 볼 때면 가끔 아버지에게 미안했다. 더 늙으시기 전에 여행 좀 보내드려야 하는데.

대학을 졸업하고 의사가 됐지만 인턴 월급은 보잘것없었다. 인턴을 마치고 공중보건의사가 되었더니 월급은 더 적어졌다. 그래도 꾸역꾸역 돈을 모아서 부모님께 패키지 여행을 선물했다. 어머니의 환갑을 기념하는 여행이었지만, 어쩐지 아버지의 오랜 소망을 이뤄드린다는 느낌이 더 컸다. 가까운 일본인데도 난생처음 여권을 만들고 국제선 비행기를 타보신 부모님은 '돈 아깝다' 노래를 부르면서도 무척 좋아하셨다.

세월이 좀 흐른 후, 나는 생애 처음으로 미국 땅을 밟게 됐다. 시카고 출장이었다. 볼일이 있는 장소를 향해 가던 나는 갑자기 발걸음을 멈췄다. 낯익은 건물이 눈에 들어왔기 때문이다. 누가 봐도 옥수수처럼 생긴 거대한 건물 두 동. 이름도 몰랐고 용도도 몰랐지만, 그 건물을 내 눈으로 보는 건 무척이나 감격스러운 일이었다. 아버지가 즐겨 보시던 『김찬삼의 세계여행』이라는 책의 표지에 있던 바로 그 건물. 국어대사전 크기의 그 '벽돌책'은 어린 시절의 내가 뒤적이며 감탄사를 연발했던 책이지만, 그 책의 존재와 그 건물의 형상은 20년 넘게 까맣게 잊고 있었던 것이다. 내가 이 건물을 직접 보는 순간이 드디어 왔구나!

전망대라도 있으면 올라가봤을 텐데, 저층의 상가를 잠시 둘러보는 것으로 만족해야 했다. 일정이 빠듯하고 함께 출장 간 선배도 있어서 나중에 다시 들르지도 못했다. (나에게나 특별한 의미가 있는 건물이지 선배에게는 그저 특이하게 생긴 낡은 건물이었을 뿐이니까.) 정식 이름은 '마리나 시티'이지만 흔히 옥수수 빌딩으로 불린다. 상가와 부속건물이 있고, 아래 19개 층은 주차장, 그 위에는 900채의 아파트가 있는 65층의 쌍둥이 빌딩이다. 지금 봐도 파격적인 모양이지만, 준공 시점인 1963년에는 그야말로 화제의 건축이었을 터다. 오죽했으면 '세계여행'이라는 이름의 책 표지로 쓰였을까. 여행은 가끔 어린 시절의 추억을 소환한다.

우리가 어릴 때는 주로 부모님을 따라 여행을 간다. 머리가 좀 커지면 주로 친구들하고 놀러 다닌다. 연애를 하고 결혼하면서 여행의 동반자는 애인이나 배우자가 된다. 아이를 낳으면 아이들도 데리고 간다. 하지만 성인이 된 다음 부모님과 함께 여행을 가는 경우는 그렇게 많지 않다. 부모님을 효도관광 '보내드리는' 자식은 꽤 많아도, 부모님을 '모시고' 여행을 떠나는 자식은 많지 않다는 뜻이다. 경제적으로 여유 있는 부모님들이 자녀들 여행 경비까지 부담하면서 같이 가자고 간청하면 '못 이기는 척' 공짜 여행을 따라가는 자식들도 있고, 경비는 각자 부담하면서 함께 여행을 가는 가족도 있지만, 모든 경비를 자녀들이 부담하면서 부모님과 여행을 떠나는 경우는 그리 흔치 않아 보인다. (이미 이런 경험이 있으신 분들, 복 받으실 겁니다.)

왜 그럴까? 100만 가지 이유가 있을 것이다. 첫째, 돈이 없어서. 아들 며느리와 부모님이, 혹은 딸과 사위와 부모님이 함께 여행을 하려면 만만찮은 돈이 드니까. (그런데 부모님 효도관광도 보내드리고 본인들도 각자 여행을 떠나는 경우라면 그 돈이 그 돈인데, 왜 같이 가면 안 되지?) 둘째, 시간을 맞추기가 어려워서. 요즘은 부모님들도 바쁘니까. (그런데 자녀들이 함께 여행 가자고 시간 좀 내시라는데 그걸 거부하는 부모가 몇이나 될까?) 셋째, 부모와 자식의 여행 스타일이 달라서. 넷째, 가고 싶은 행선지가 달라서. 다섯째, 나는 그럴 마음이 있는데 배우자가 싫다고 해서. 여섯째, 아이 봐줄 사람이 없어서. 일곱째, 여덟째, 아홉째……

가장 중요한 이유는 '어색해서'가 아닐까? 여행을 가면 자연스럽게 긴 시간을 함께 보내야 하는데, 언제부터인가 부모님과 오랫동안 같이 지내는, 그러면서 공통의 화제로 같이 수다를 떠는 일이 드물어졌다면, 함께 여행을 떠나는 일은 왠지 모르게 부담스러운 일이 되고 만다. 그러니 여행 패키지 상품을 사드리는 쪽으로 결정하는 자식들이 많은 듯하다.

그런데 생각을 좀 해보자. 그게 진정한 의미의 효도관광일까? 그것도 일종의 선물이라고 치면, 선물은 받는 사람이 즐겁고 행복해야 좋은 거다. 여행 상품을 구매해드리는 것과 그 금액만큼을 현금으로 드리는 것 중에 어느 걸 더 좋아하실까? '케바케'이기는 하겠지만, 대부분의 부모님은 현금을 더 좋아하신다. 내가 번 돈은 마음대로 쓸 수 있고, 부모님이 주시는 돈은 더 신나게 쓸 수 있지만, 자식이 주는 돈은 함부로 못 쓰는 게 부모다. 여행 상품 사주는 자식들의 갸륵한 마음에 고마워하고, 제 앞가림도 못할 줄 알았던 찌질이가 잘 커서 사람 구실하는 모습을 기특해하시겠지만, 뭔가 '감동'이랄 게 없다. 비용이 다른 주머니에서 나왔을 뿐 그건 그냥 관광이기 때문이다. 그 돈을 어딘가 다른 곳에 써도 비슷한 효용이 나오기 때문이다.

효도관광은 관광이 아니라 효도에 방점이 찍히는 거다. 때문에 진정한 효도관광은 '보내드리는' 것이 아니라 '함께 가는' 거다. 당연히 패키지 여행을 함께 가는 것보다는 렌터카를 이용해서 느긋하고 오붓하게 다니는 것이 훨씬 좋다. 대부분의 패키지 여행은 연로한 어르신들이 소화하기엔 일정이 너무 빡빡하고, 관광하며 사진 찍고 가이드 설명 듣고 버스에서 꾸벅꾸벅 조느라고 가장 중요한 '대화'의 기회가 별로 없다.

부모님을 모시고 여행을 떠나려면 젊은이들끼리 떠날 때보다 고려하거나 준비할 내용이 훨씬 많지만, 그 과정도 더 많은 대화의 기회로 활용할 수 있다. 행선지를 정하는 단계에서부터 여러 가지를 부모님과 함께 논의하다보면 몇십 년을 함께 살면서도 미처 몰랐던 부모님의 선호를 새삼 알게 된다. 당연한 이야기지만, 누구에게나 취향이 있고 낭만이 있다. 늙어서도 마찬가지다.

부모님과 함께 떠나는 여행의 최대 장점은 여행 이후에 드러난다. 겨우 며칠의 여행이 최소 몇 년 동안의 대화 소재가 되기 때문이다. 부모 자식 간의 대화 소재도 되고, 두 분의 대화 소재도 되며, 부모님이 친구들에게 은근히 자랑할 수 있는 이야깃거리도 된다.

결코 돈으로 살 수 없는 것이 시간이다. 여행 상품을 사드리는 것과 함께 여행을 떠나는 것의 가장 큰 차이는 '함께한 시간'이고 '함께 만든 추억'이다. 함께 한 여행은 눈에 보이는 비용보다 더 귀중한 '시간'이 투입된 것이라, 당연히 더 오랫동안 우리에게 기쁨을 준다. 향기가 오래가는 꽃처럼.

나는 꽤 여러 차례 부모님과 여행을 다녔다. 국내여행과 해외여행을 모두 경험했고, 대도시에 간 적도 있고 휴양지에 간 적도 있는데, 다녀보니 행선지 따위는 전혀 중요하지 않았다. 어디를 가든 무엇을 먹든, 긴 시간 동안 같은 공간에 머물면서 같은 기억을 차곡차곡 쌓는 과정 자체가 중요했다. 육아에서 단순히 아이와 함께 보내는 시간이 중요한 게 아니라 오롯이 아이에 집중하는 시간이 더 중요한 것처럼, 효도도 때로는 집중이 필요한데 여행 외에는 그런 집중의 기회를 만들기가 쉽지 않다.

늙으신 부모님과의 여행은 어딘지 모르게 짠한 구석이 있다. 나에게 시간적·경제적 여유가 더 생기는 동안 부모님의 기력은 떨어지기 때문이다. 예전보다 걷는 속도가 느려지고, 예전보다 식사량이 줄어들고, 예전보다 일찍 피곤해하신다. 여행 계획을 세울 때마다 조금씩 스케줄이 느슨해진다. 전체 여행 기간을 짧게 잡고 차를 타는 시간이나 걷는 시간도 줄이는 대신 휴식 시간은 늘린다. 때로는 휠체어도 필요하다. 장애가 없어도 연로한 부모님이 걸어가기엔 조금 부담스러운 곳을 가려면 휠체어가 유용하다. 선진국들은 웬만한 유명 관광지나 박물관 등에서 무료로 휠체어를 대여해주며, 우리나라에도 그런 곳이 점점 늘어나고 있다. 사전에 홈페이지에서 확인도 가능하다. 아예 의료기 상사 같은 곳에서 며칠간 휠체어를 대여하는 방법도 있겠다. 물론 부모님은 처음엔 어색

해하신다. 하지만 처음에만 그럴 뿐, 익숙해지면 오히려 편안해하신다

불경한 생각이지만 어쩌면 이게 부모님과 함께 하는 마지막 여행일지도 모르겠다는 생각을 하게 된다. 다행스럽게도 나는 그런 생각을 몇 번이나 할 수 있었고, 좋은 추억을 많이 만들 수 있었다. 몇 년 전 가을의 남해 여행은 특히 각별했다. 부모님을 모시고 3박4일 동안 남해, 순천, 여수를 돌아봤는데, 날씨도 좋았고 풍광도 좋았다. 남해의 멸치쌈밥도 맛있었고, 순천의 꼬막정식도 맛있었다. 남해에서는 죽방렴 관람대를 가봤고, 순천에서는 휠체어를 이용해 국가 정원을 돌아봤고, 여수에서는 해상 케이블카를 탔다. 남해대교를 배경으로 사진도 찍었는데, 부모님은 준공 직후에 단체 관광을 다녀오신 이후 40여 년 만에 다시 왔다며 즐거워하셨다. 1973년에 준공된 남해대교는 국내 최초의 현수교라 준공 당시에는 그 자체로 관광지였던 모양이다. 무엇보다 좋았던 점은 그 전의 여행에 비해 부모님이 식사도 잘 하시고 기력도 더 좋아 보였던 것이다. 다음번엔 제주도에 다시 가자는 이야기도 나눴다. 멸치쌈밥 값은 아버지가 내셨다. 괜찮다고 했지만, 굳이 그러셨다. 어차피 내가 드린 용돈이라 할지라도, 부모는 자식에게 맛난 걸 사주고 싶어하신다.

하지만 그게 부모님과의 마지막 여행이었다. 남해 여행 4개월

후 아버지가 돌아오지 못할 여행을 떠나셨기 때문이다. 건강히 잘 지내시다가 갑자기, 병원에 입원하신 지 2주일 만이었다. 책 읽기, 글쓰기, 신문 보기, 야구, 그리고 가족을 사랑하셨던, 언제나 여행을 꿈꿨지만 시대를 잘못 만나 그리 자주, 아주 멀리까지는 가보지 못했던, 평범한 한 남자가 88세를 일기로 세상을 떠났다.

인생에서 가장 확실한 한 가지. 언젠가는 아주 떠나 돌아오지 않는다는 것. 그게 언제일지는 아무도 모른다. 늦기 전에, 부모님과 '함께' 가는 여행을 한 번이라도 더 다녀오시길.

6.　여행준비는
　　버리기 연습

여행준비가 고역이라는 사람들도 있다. 원래 여행을 별로 좋아하지 않는 사람이 다른 누군가의 지시에 따라 혹은 의무감에 숙제하듯 여행을 준비한다면 그건 괴로운 일일 수 있다. 고역이랄 것까지는 없지만 그리 즐겁지 않다는 사람들도 있다. 여행준비를 단지 여행을 더 즐겁고 풍성하게 만들기 위한 수단으로 생각하면 그럴 것이다. 하지만 적어도 내 생각으론, 여행준비는 그 자체로 목적일 수 있는 행위이며, 여러 장점이 있다.

　그중 하나는 '내가 누구인지를 정확히 알 수 있게 해준다'는 것이다. 내가 뭘 좋아하고 싫어하는지, 뭘 잘하고 못하는지, 어디에서 보람을 느끼고 어디에서 실망하는지, 장점은 무엇이고 단점은 무엇인지, 어떤 순간에 가장 큰 행복을 느끼고 어떤 순간에 가장 좌절하는지, 결국 나의 가치관은 무엇이며 인생관은 무엇인지, 이런 것들을 파악하는 건 긴 인생을 좀더 알차게 보내는 데 꼭 필요하다. 그런데 사람들은 의외로 자신의 본모습을 잘 알지 못한다. 녹음된 자기 목소리를 들으면 어색하게 들리듯, 자신의 실제 모습을 마주하는 일이 언제나 유쾌하지는 않을 수 있지만, 내가 누구인지 아는 것은 길을 잃었을 때 지도에서 내 위치가 어디인지를 파악하는 것처럼 문제 해결이나 목표 달성의 출발점이 된다.

사람들의 흔한 착각은, 내가 나 자신을 아주 잘 안다고, 그리고 다른 누군가에 대해서는 그조차 알지 못하는 그의 진짜 모습을 나는 알고 있다고 생각하는 것이다. 사람들의 흔한 편견은, 다른 사람들은 나를 잘 모른다고, 그들이 나에 대해 생각하는 것은 진짜 내 모습과는 거리가 있다고 판단하는 것이다.

내가 주변에 권하는 '내가 누구인지 발견하는 방법' 중 하나는 리스트 만들기다. '내가 가장 ○○하는 ○○ 다섯 가지'와 같은 형태의 목록을 여러 개 만들어보는 것이다. 주제는 물론 스스로 정하면 되는데, 내 경험에 의하면 가짓수는 다섯 개가 적당하다. 하나만 고르기는 너무 어렵고, 열 개는 너무 많아서 채우기 어렵다. 꼭 다섯 개가 아니더라도 숫자는 미리 정해놓는 것이 좋다. 그래야 '버리기 연습'이 되기 때문이다. 누군가에게 보여주기 위한 것이 아니라 자신을 돌아보기 위한 것이니 굳이 허세를 부릴 필요 없이 정말 솔직하게 작성하면 된다.

가장 평범한 것들로는, 내가 가장 닮고 싶은 사람 다섯 명, 가장 뿌듯했던 순간 다섯 장면, 내가 가장 좋아하는 영화 다섯 편, 내가 가장 감명 깊게 읽은 책 다섯 권, 내가 가장 좋아하는 친구 다섯 명, 이런 리스트가 있겠다.

긍정적인 주제보다 부정적인 주제가 더 도움이 될 수도 있다. 내가 가장 부끄러웠던 순간 다섯 장면, 내가 직접 겪어본 사람들 중 가장 싫었던 사람 다섯 명, 내가 했던 가장 잘못된 결정 다섯 가지, 가장 분노했던 순간 다섯 장면, 진작 버렸어야 하는데 아직 못 버린 물건 다섯 개 등등.

우리가 (젊어서) 공부나 일을 열심히 하며 그 숱한 고난과 역경을 견디는 근본 원인은 알고 보면 하고 싶은 일을 하기 위해서라기보다는 (나중에) 하기 싫은 일을 하지 않기 위함이 아니던가. 어쩌면 뭘 좋아하는지보다 뭘 싫어하는지가 한 사람의 진면목을 드러내는 것인지도 모른다.

혼자 작성해본 후 흔적을 남기지 않고 확실히 폐기한다는 전제만 있다면, 비윤리적이고 반사회적이며 불법적인 목록도 얼마든지 괜찮다. (여기에서 차마 그런 주제들을 나열하기는 어렵지만 말이다.) 행복은 비생산적인 일에서 나오고 진정한 즐거움은 나쁜 짓을 해야 맛볼 수 있는 것인지도 모른다.

이러한 목록 만들기에서 여행과 관련된 아이템은 당연히 무궁무진하다. 먼저 지금까지 경험한 여행지 중에서 가장 좋았던 장소 다섯 곳, 가장 별로였던 다섯 곳을 꼽아보자. 이왕이면 간단하게라도 이유를 덧붙이는 게 좋다. 희망 사항은 더 많이 만들어볼 수 있겠다. 목록의 개수에는 제한이 없으니, 최대한 구체적이고 세세하게 만들어보자.

가장 가보고 싶은 나라, 이런 건 너무 심심하다. 한 나라가 하나의 모습만 갖고 있지 않다는 건 우리나라를 생각해보면 금세 알 수 있다. 이왕이면 가장 가보고 싶은 도시의 목록을 만들어보는 게 좋고, 취향에 따라 가장 가보고 싶은 현대미술관 다섯 곳, 국립공원 다섯 곳, 스키장 다섯 곳, 영화 촬영지 다섯 곳, 특이한 박물관 다섯 곳, 호텔 다섯 곳, 대성당 다섯 곳, 서점 다섯 곳, 경기장 다섯 곳, 섬 다섯 곳, 산 다섯 곳, 해변 다섯 곳, 드라이브 코스 다섯 곳, 레스토랑 다섯 곳, 와이너리 다섯 곳 등등의 목록을 만들어볼 수 있겠다.

이미 짐작하셨겠지만, 여행준비의 과정에서 내가 누구인지 알게 되는 이유는 여행준비가 선택의 연속이기 때문이다. 선택이란 포기의 다른 이름이다. 우리는 모든 것을 다 가질 수는 없다. 더 많이 원하는 것을 위해서는 덜 원하는 것을 버려야 한다. 많은 문제의 근본 원인은 욕심에서 비롯되지 않던가.

그런데 막상 해보면 이 목록 만들기가 간단하지 않다. 너무 많은 후보지가 떠올라서 괴로워하는 사람도 있겠지만, 다섯 곳이 다 채워지지 않아서 괴로워하는 사람도 의외로 많다. 선택의 이유를 설명해보려 마음먹으면 더 어려워지고, '평생 딱 다섯 곳만 여행할 수 있다'는 식으로 제한 조건을 걸기 시작하면 더 까다로워진다. 다섯 곳을 순위까지 매기려 하면 너무 괴로워질 가능성이 있으니, 그렇게까지는 하지 말자. (이건 근본적으로 '놀이'다.)

이런 과정을 거치면서 정제된 목록이 여럿 만들어지면 찬찬히 들여다보는 것으로 충분하다. 이 목록은 사람에 따라 버킷 리스트가 될 수도 있고 허세 고백록이 될 수도 있으며 참회록이 될 수도 있다. 하지만 내 모습을 비춰주는 거울 역할을 하는 것은 마찬가지다.

여행과 관련된 목록을 만들다보면 깨닫게 되는 중요한 사실은, 우리가 막연히 가고 싶다고 생각해왔던 여행지에 대해 의외로 아는 게 없다는 점이다. 다시 말하지만 여행의 기회는 제한적이다. 쓸 수 있는 카드의 숫자가 정해져 있다. 그러니 현명하게 잘 써야 한다. 기대에 못 미치는 여행은 그 자체로도 나쁘지만 훨씬 더 좋은 여행의 기회를 날려버린다는 점이 더 나쁘다.

그러니까 여행준비란 자신에게 딱 맞는, 자신이 가장 만족할 수 있는 여행지를 찾아내는 작업인 동시에 자신에게 별다른 기쁨을 주지 못할 여행지를 걸러내는 작업이다. 어떤 장소가 자신에게 맞는지 그렇지 않은지를 구별하려면 그 장소에 대해서 알아야만 한다. 즉 여행준비에서 가장 중요한 단계는 결국 이 넓은 세상 곳곳에 어떤 문명과 풍광이 있는지를 두루 살펴보는 일이어야 한다.

마음만 먹으면 그럴 기회는 널려 있다. 우선 시그널 뮤직을 들을 때마다 가슴이 뛰는 「걸어서 세계속으로」가 있다. 작곡가이자 오카리나 연주자인 한태주 님의 〈물놀이〉라는 곡인데, 나는 우울할 때면 이 음악을 듣는다. 그러면 풀밭을 경중경중 뛰어다니는 어린 시절의 나로 되돌아가는 듯한 느낌도 받고, 과거의 즐거웠던 여행의 기억이 떠오르기도 하며, 다음번 여행 날짜가 돌아올 때까지 열심히 살아야겠다는 생각도 하게 된다.

2005년부터 매주 토요일 오전에 방송되던 이 프로그램이 2009년에 종영된다는 소식이 들려왔을 때, 거짓말 좀 보태서 하늘이 무너지는 느낌이었다. 이 프로그램을 제작비 문제로 없앤다고? 전파 낭비로 느껴지는 그 숱한 프로그램들은 왜 만드는데? 시청료는 도대체 왜 받는데? 시청료 납부 거부 운동에 동참해야 하나? 온갖 생각을 했다. 누군가 광화문광장, 아니 KBS 정문 앞에서 촛불시위를 하자고 나서기만 하면 무조건 갈 생각이었다.

다행히 종영 결정이 내려지고 나서 얼마 후 KBS 사장이 바뀌었고, 그분이 이 결정을 뒤집었다. 공백기는 두 달이 채 안 되었고,

2010년 초부터 이 프로그램은 꾸준히 방송되고 있다. 아니, 있었다. 코로나19가 우리를 덮치기 전까지는. 언제쯤이면 재방송(완전 재방송은 아니고 제작진이 주제별로 재편집해서 내보내는 성의를 보여주고 계시다) 말고 제대로 된 '걸세'를 볼 수 있게 될까? 그때쯤이면 나도 어디론가 떠날 수 있겠지?

「걸어서 세계속으로」의 최대 장점은 매우 유명한 여행지부터 거의 알려지지 않은 여행지까지, 선진국의 대도시부터 개발도상국의 시골 마을까지, 화려한 대규모 축제부터 소박한 동네 잔치까지, 다뤄지는 내용의 스펙트럼이 매우 넓다는 것이다. 여행지의 성격이나 PD의 개성에 따라 여행 스타일도 천차만별이다. 전부는 아닌 듯하지만 꽤 많은 회차가 KBS 홈페이지나 유튜브에 올라 있기 때문에 다시보기도 쉽다.

워낙 편수가 많다보니 웬만한 장소는 다 있다. 내가 모르고 있던 '좋은 곳'이 없는지 찾고 싶을 때나 내가 관심이 가는 장소가 정말 내 취향인지 여부를 확인하고 싶을 때, '걸세'보다 더 유용한 정보원은 흔하지 않다.

다음으로는 나에게 섭외 전화가 오기를 간절히 바라지만 전혀 그럴 기미가 없는 EBS의 「세계테마기행」이 있다. (이 책이 많이 팔리면 혹시 연락이 올지 모른다는 기대를 품어본다.) 2008년부터 시작된 장수 프로그램인데, '세테깅'이 '걸세'와 다른 점은 호흡이 훨씬 더 길다는 것, 그러니까 여행의 속도가 훨씬 느리다는 것이다. 아주 유명한 곳을 다루는 비율이 상대적으로 낮은 편이기도 하다. PD나 전문 여행가보다는 해당 여행지와 적당한 연결 고리가 있는 전문가들이 여행의 주인공으로 등장해, 누가 출연하느냐에 따라 프로그램의 분위기가 '걸세'보다 훨씬 큰 폭으로 달라지는데, 이건 장점이 될 때도 있고 단점이 될 때도 있다. 아무튼 '세테킹'도 사랑한다. 유튜브에도 꽤 많은 영상이 올라 있지만, 2000편이 넘는 모든 방송분은 EBS 홈페이지에 올라 있다. 근데 유료다. 한 지역에서 좀 오래 머물 예정이라면 해당 방송분을 돈 주고라도 볼 만하겠다. 몇천 원 쓰고 몇십만 원 이상의 효용을 얻을 가능성이 있다.

이 두 프로그램 외에 추천하고 싶은 TV 프로그램은 「어서와 ~ 한국은 처음이지?」다. 이 프로그램은 여행지에 관한 '정보'가 아니라 여행자의 '태도'에 관해 생각해볼 기회를 준다. 고국에서부터 엄청난 준비를 하고 오는 사람도 있고 아무 생각 없이 와서 닥치는 대로 다니는 사람도 있지만, 대부분의 출연자들에게서 발견할 수 있는 공통점이 있다. 우리가 생각하는 유명 관광지에는 별로 가지 않거나, 우리가 생각하는 관광지 혹은 관광 프로그램이 아닌 '엉뚱한' 곳에서 훨씬 더 즐거워한다는 점이다. 그들은 우리나라에 와서 그들이 하고 싶은 일을 하고 그들이 원하는 곳을 간다. 우리는 흔히 비슷한 곳에 가고 비슷한 것을 하고 비슷한 것을 먹는다. 우리는 내가 좋아하는 곳을 가는 게 아니라 남들이 좋다고 하는 곳을 갈 때가 많은 듯하다. 나 좋자고 하는 여행인데, 굳이 그럴 필요가 있을까?

　세계는 넓고 갈 곳은 많다. 하지만 내가 큰 만족을 얻을 수 있는 곳은 따로 있다. 그곳이 어디인지는 남들이 알려주지 않는다. 내가 찾아야 한다. 일단 많이 찾아서 목록에 올리고, 더 좋은 곳을 찾으면 덜 좋은 곳은 버려야 한다. 많이 버릴수록 다음 여행이 즐거워진다.

7. 대화의 기술

주변 사람들은 다 안다. 내 취미가 여행준비이며, 제법 많은 곳을 돌아다녀봤다는 것을. 그러니 흔히 묻는다. 좋은 곳 좀 추천해달라고. 한번은 직장 동료가 물었다. 곧 밴쿠버 여행을 갈 텐데, 추천하는 곳이 있냐고.

여행 시기가 6월 말이라, 주저 없이 '바드 온 더 비치 셰익스피어 페스티벌Bard On The Beach Shakespeare Festival'을 추천했다. 이 축제는 매년 6월 초순부터 9월 하순까지 4개월 가까이 지속되는 연극 축제로, 이름에서 알 수 있듯이 셰익스피어의 작품들만 공연된다. 두 개 극장에서 거의 매일 한두 편의 작품이 공연되는데, 특이한 점은 바닷가 잔디밭에 설치된 야외무대에서 펼쳐진다는 것이다. 게다가 무대 뒤편이 적당히 뚫려 있어서, 연극이 시작될 무렵에는 푸른 바다와 하늘이 배경이었다가 연극이 진행될수록 어두워져 나중에는 배경이 깜깜한 어둠으로 바뀐다. 생각만 해도 근사하지 않은가. 날씨 좋기로 유명한 밴쿠버의 여름 저녁을 즐기는 최고의 방법 중 하나라고 할 수 있다. 티켓 가격도 엄청 비싸진 않아 싼 것은 3만 원 미만으로 구할 수 있다.

그 많은 셰익스피어의 희곡 중 매년 서너 편의 작품이 공연되는데, 몇 년에 한 번씩은 「한여름 밤의 꿈」도 선정된다. 살랑살랑 부는 바람을 맞으며 한여름 밤에 즐기는 「한여름 밤의 꿈」은 그야말로 꿈같은 경험이 아닐까?

내 이야기를 들은 동료는 즉시 티켓을 예매했고, 밴쿠버에 살고 있는 친구와 함께 그 공연을 봤다. 여행에서 돌아온 지 몇 년이 지났지만, 지금도 그는 '평생 잊지 못할 추억'을 만들게 해줘서 고맙다고 가끔씩 말한다. 일주일 동안의 밴쿠버 여행에서 가장 인상적인 경험이었다고, 그 공연을 본 것만으로도 여행 비용이 아깝지 않았다고 했다. 밴쿠버에서 몇 년을 살았던 그의 친구도 미처 몰랐던 축제라며 즐거워했다고 한다. 사실 나의 추천으로 이 축제를 다녀온 지인은 몇 명 더 있는데, 그들 모두 너무너무 고맙다는 인사를 전했다. (그들 중에 영어 능통자는 한 명도 없었으니, 대사를 다 알아듣지 못하는 건 전혀 문제가 되지 않는다는 의미겠다.)

한번은 어느 회사 대표와 비즈니스 미팅이 있었는데, 서먹서먹

한 대화 초반에 그분이 최근 부부 동반으로 노르웨이 여행을 다녀왔다는 이야기를 했다. 피오르가 너무 근사했다고 했다. 나는 그 유명한 송내 피오르를 가셨느냐고 물었고, 그분은 몇 군데 피오르를 봤지만 역시 송내 피오르가 가장 볼만했다고 이야기했다. 나는 베르겐이나 스타방에르도 방문하셨는지, 맛있는 연어는 많이 드셨는지 물었고, 그분은 스타방에르도 가고 싶었지만 일정이 짧아 못 가고 베르겐은 가봤다고, 연어가 참 맛있더라고 했다. 한참 동안 노르웨이에 관한 이야기를 나눈 후, 그분이 내게 물었다. 당신은 언제 노르웨이에 가봤냐고. 내가 대답했다. 나는 아직 못 가봤다고, 언젠가 가려고 책도 보고 지도도 보면서 여행 루트를 짜놓기는 했다고. 원래 여행준비가 취미라고. 그분은 크게 웃었고, 조만간 꼭 노르웨이 여행을 가게 되기를 기원한다면서 몇 가지 정보를 추가로 알려주셨다. 미팅 분위기는 당연히 화기애애했고, 결과도 좋았다.

노르웨이는 그분과의 미팅 이후 몇 년이 흐른 다음에 가봤지만, 밴쿠버는 아직도 못 가봤다. 그렇다. 나는 '바드 온 더 비치 셰익스피어 페스티벌'에 가본 적이 없다. 캐나다라는 나라에 가본 적도 없다. 언젠가 밴쿠버와 그 주변을 여행할 궁리를 하면서 그 축제를 발견했고 구체적인 계획까지 세웠지만, 피치 못할 사정이 생겨 그 여행은 가지 못했다. 물론 언젠가 꼭 한번 가겠다는 마음은 먹고 있지만.

여행준비라는 취미의 장점 중 하나는 화제가 풍부해진다는 것이다. 여행준비를 많이 하고 떠난 여행일수록 이야깃거리가 많아지는 건 당연하지만, 준비만 하고 떠나지 않은 경우도 마찬가지다. 정말 중요한 점은 내가 떠들 수 있는 소재만 많아지는 것이 아니라 상대방이 더 많은 말을 하도록 부추길 수도 있다는 것이다.

『질문이 답을 바꾼다』라는 책에는 다음과 같은 대목이 나온다. "사람들이 가장 갈망하는 것은 두 가지다. 인정받는 것, 그리고 상대가 자기 말에 귀 기울여주는 것. (…) 상대가 말을 너무 많이 한다고 불평하는 사람은 있어도, 너무 많이 들어준다고 불평할 사람은 없다."

누군가가 내 말을 경청해주면 나는 기분이 좋아진다. 같은 이치로, 내가 상대의 말을 경청해주면 상대방도 기분이 좋아진다. 여행준비는 상대방이 내 말을 좀더 잘 들어주도록 하는 데도 도움이 되지만, 내가 다른 사람의 말을 잘 들어주는 데도 크게 도움이 된다.

여행과 관련된 화제는 모두가 대체로 좋아하는 것이긴 하지만 상대방은 아무 관심도 없는 여행지에 관한 이야기를 나 혼자 열심히 떠든다면 좋은 대화라고 하긴 어렵다. 상대방이 별 흥미를 보이지 않는데도 자신의 즐거웠던 추억만 열심히 떠든다면 그냥 수다쟁이일 뿐이다. 반대로 상대방이 뭔가 자신의 여행담을 꺼냈는데 아무 감흥 없이 '그랬구나' 수준의 반응만 보여도 좋은 대화로 이어지기는 어렵다. 상대가 눈치라곤 전혀 없는 사람이거나 자기 말만 하는 꼰대가 아닌 이상, 그 이야기를 길게 하지는 않을 것이기 때문이다.

그런데 여행준비가 취미인 사람은 누군가가 여행 이야기를 꺼냈을 때 '장단'을 맞춰주기가 아주 쉽다. 나는 가보지 못했지만 언젠가 약간의 준비라도 한 장소가 화제로 오를 때, 그냥 듣기만 하는 것이 아니라 적절한 보충 질문을 던질 수 있다. 나도 거길 가고 싶어서 이런저런 준비를 했다는 말만 해도 상대방의 '인정 욕구'를 충족시키는 데 작은 도움이 된다. 다른 사람들도 가고 싶어하는 '좋은' 곳에 내가 '먼저' 다녀왔구나, 하는 기쁨을 주기 때문이다.

내가 그 장소에 관심을 보이면 보일수록 상대방은 더 열심히 이야기하게 되고, 그 과정에서 나는 '경청하는 사람'이라는 좋은 이미지를 심는 동시에 그곳에 대한 귀중한 정보도 얻게 되니 일석이조다. (화제에 오른 여행지가 꼭 해외일 필요도 없다. 국내에도 우리가 잘 모르는 좋은 곳은 아주 많고, 계속해서 새로 생겨난다.) 나도 언젠가 갈 생각이니 맛집이라도 추천해달라는 질문도 좋고, 다녀온 장소 중에서 특히 마음에 들었던 곳을 알려달라는 질문도 좋다. 그곳이 왜 좋았느냐는 질문까지 한다면, 상대방의 가치관이나 취향까지 덤으로 파악할 수 있다.

물론 하지 말아야 할 질문도 있다. 누구와 같이 갔는지 하는 질문이 대표적이다. 아주 가까운 사람이 아니라면 이런 사적인 질문은 적절하지 않고, 우리가 상상하는 그 사람과 같이 가지 않았을 수도 있으니, 가까운 사이라 할지라도 상대가 먼저 말하기 전에는 묻지 않는 게 좋다. (연인이나 배우자가 과거의 여행 경험을 말할 경우에도 가장 멍청한 질문이 이거다. 어쩌라고?) 어떤 호텔에 묵었느냐와 같은 질문도 먼저 할 필요는 없다. 아주 싼 호텔이라면 왠지 대답하기 싫을 수 있고, 아주 비싼 호텔이라도 썩 내키지 않을 수 있다. 숙소가 특별히 마음에 들었다면, "저에게 도움이 될 만한 좋은 정보를 좀 주십시오" 정도의 요청에 자연스럽게 그 이야기가 나올 것이다.

상대방의 이야기를 메모하는 것도 좋다. 누군가 내 이야기를 경청하는 수준을 넘어 '받아 적는다'는 건 기분 좋은 일이다. 비즈니스 미팅이라면 그 메모는 나중에 그 사람과의 관계를 더 잘 다지는 데 중요한 역할을 할 수도 있다. '다음'을 기약하는 질문도 할 수 있다. 가령 "저도 조만간 그곳에 가볼 생각인데, 그때 제가 다시 연락드려서 몇 가지 여쭤봐도 될까요?"라고 할 수도 있고, 상대방이 일정표 같은 걸 작성하는 유형이라면 "실례가 안 된다면 선생님의 주요 일정을 저에게 메일로 보내주실 수 있나요? 다음에 제가 그곳에 가게 되면 참고하려고요"라고 말할 수도 있겠다.

이렇게 대화가 풍성해지면 미팅 이후 이메일을 보내거나 전화 통화를 할 때도 그 내용을 활용할 수 있다. "상무님, 지난번 미팅은 즐거웠습니다"라고 시작하는 이메일보다 "상무님, 지난번 미팅 이후 자꾸 속초에 가고 싶은 생각이 들어서 일이 손에 안 잡힙니다"라고 시작하는 이메일이 더 좋고, "상무님, 제가 지난 주말에 속초에 다녀왔습니다. 상무님 덕분에 여행이 아주 즐거웠습니다"라고 시작하는 이메일이 훨씬 더 좋다.

이런 식으로 긴 대화를 나누고, 좋은 이미지를 주고, 다시 연락을 주고받을 이유도 만든다면, 모르긴 해도 비즈니스 미팅으로는 최상이 아닐까 싶다.

이야기가 잠시 경제경영서 분위기로 흘렀지만, 가장 좋은 여행 준비 방법 중 하나는 다른 사람들의 여행담을 듣는 것이다. 내가 좋아하는 사람, 내가 닮고 싶은 사람, 나와 취향이 비슷한 사람의 여행담이라면 더욱 좋다. 가이드북에는 정보가 담겨 있다면, 직접 다녀온 사람이 해주는 이야기에는 맥락이 있다.

여행담을 들을 때는 특별한 주의 사항이 없지만 여행담을 말할 때는 약간의 주의 사항이 있다. 기본적으로 '자랑을 하지 말자'는 것이다. (이렇게 쓰려니 많이 찔린다.) 여행담은 아무리 겸손하게 말해도 '플렉스'의 느낌이 있을 수밖에 없어서, 자칫하면 듣는 사람의 염장을 지르게 된다. 누구나 여행을 가는 시대이긴 하나, 여행을 좀더 멀리, 좀더 자주 가는 사람도 있고 그렇지 못한 사람도 있다. 신나게 떠들기 전에 때와 장소와 분위기를 잘 살펴야겠다. 여행 이야기는 최대한 짧게 하고 최대한 많이 듣는 게 가장 좋다. (아주 많이 찔린다.)

그런 면에서 여행담보다 좋은 게 '여행준비담'이긴 하다. '바드 온 더 비치 셰익스피어 페스티벌'만 해도, 내가 다녀와서 그 이야기를 하면 염장질이지만 나도 못 가봤으니 최소한 염장질은 아닌 게 된다. 참, 그 연극축제도 2020년에는 전면 취소됐다. 코로나19 때문이다. 2021년에는 열릴 수 있기를 바랄 뿐이다.

2부   여행은
또 다른 일상

8. 평소처럼,
평소와 달리

여행은 일상의 반대말이다. 날마다 반복되는 생활과는 뭐가 달라도 다른 게 여행이다. 여행의 좋은 점으로는 100만 가지가 있는데, 크게 나누면 결국 두 가지다. 하고 싶었으나 평소에 하지 못했던 뭔가를 할 수 있다는 것, 그리고 피하고 싶었으나 평소엔 감수할 수밖에 없었던 것들로부터 벗어날 수 있다는 것.

두 가지 중 어느 것이 더 매력적으로 들리는가. 전자가 더 매력적으로 들린다면 더 젊고 덜 피곤한 것이고, 후자가 더 매력적으로 들린다면 덜 젊고 더 피곤한 것이다.

오래전의 나에게는 여행의 묘미가 단순했다. 새로운 곳을 보고 새로운 것을 맛보고 새로운 체험을 하는 소중한 기회일 뿐이었다. 뭐 그리 엄청나게 훌륭하지 않아도 '새로운' 것이면 다 좋았다. 그런데 언젠가부터 여행의 즐거움에서 '새로움'이 차지하는 비중이 점점 줄어들기 시작했고, 그 자리를 채운 것은 '벗어나기'였다.

나는 내가 살고 있는 이 도시를 사랑하고, 내가 하는 일도 좋아하고, 주변에 좋은 사람들도 많이 있다. 하지만 그건 긍정적인 면을 먼저 보려고 애쓰며 살기 때문이지, 이곳이 파라다이스는 아니지 않나. 정확히 말하면 이 도시를 사랑하는 것은 더 나쁜 도시들에 살지 않아서 다행이라 생각하기 때문이고, 하는 일을 좋아하는 것도 더 험한 일을 하지 않고 밥벌이를 할 수 있어 다행이라 생각하기 때문이며, 주변 사람들에게 만족하는 것도 뉴스에 등장하는 허다한 파렴치한, 사기꾼, 폭력배, 무뢰한들보다는 그들이 괜찮은 사람들이기 때문이다. 그러니 이 도시, 나의 일, 내 주변 사람들 모두로부터 잠시라도 벗어나는 것은 그 자체로 충분히 기쁜 일이다. 그러나 비중이 좀 줄었을 뿐, 새로운 무언가를 접하는 일이 기쁘지 않은 것은 물론 아니다.

그러니 여행준비에 있어서 반드시 염두에 두어야 할 사항은, 새로운 것을 추구하는 것과 지겨운 일상으로부터 벗어나는 것 중에서 어느 쪽에 더 큰 비중을 둘 것인가다. 또한 이와 함께 고려해야 할 중요한 사항이 '여행을 평소와 얼마나 다르게 꾸밀 것인가' 하는 점이다.

프로야구 감독이 생애 처음으로 선발 등판하는 투수에게 흔히 하는 말이 '평소처럼 하라'는 것이다. 중요한 콩쿠르에 나가는 연주자에게 선생님도 같은 말을 할 것이다. 수능을 치르러 고사장에 들어가는 수험생에게도, 연극 무대에 오르는 배우에게도 주변에서 같은 말을 해준다. 평소처럼, 하던 대로 하라고. 긴장하지 않아야 제 실력을 발휘할 수 있다는 뜻일 게다.

여행은 어떨까? 여행도 평소처럼 하면 될까? 그렇지는 않을 것이다. 여행은 실력 발휘의 무대도 아니고, 긴장해서 뭔가를 망칠 우려가 있는 상황도 아니니 말이다.

여행은 평소와 달라야 한다. 하지만 평소와 다르다고 해서 무조건 좋은 것은 아니다. 여행에서도 '평소처럼 하라'가 중요할 수 있다. 평소처럼 하는 것과 평소와 다르게 하는 것의 조화를 이루는 게 요구된다.

나는 런던에 두 번 갔는데, 그 유명한 대영박물관은 간 적이 없다. 영국이 제국주의 시절에 세계 각국의 유물을 약탈해와서 전시해놓은 것에 대한 소심한 항의는 전혀 아니고, 그저 고대 미술품이나 유물에 관심이 적기 때문이다. 대신 테이트 모던, 테이트 브리튼, 내셔널 갤러리 등에는 가봤다. 현대미술에 특히 관심이 높고, 근대미술에도 어느 정도는 관심이 있기 때문이다.

같은 이유로, 파리에는 세 번 갔지만 루브르박물관에는 들어간 적이 없다. 대신 퐁피두센터, 오르세미술관, 로댕미술관 등에는 가봤다. 사실 퐁피두와 오르세는 각각 세 번씩 갔다. 런던이나 파리에는 크고 작은 뮤지엄이 수백 개 있는데, 반드시 대영박물관이나 루브르박물관에 가야 하는 건 아니지 않나.

이런 패턴은 평소의 내 취향과 당연히 연결되어 있다. 나는 평소에도 미술관에 자주 가는 편이다. 미술은 잘 모르지만, 미술관 산책은 좋아한다. 나는 특히 현대미술을 좋아하는데, 특별히 조예가 깊어서가 아니라 '새로움' 자체에 대한 갈망이 있기 때문이다. 내가 예상하지 못했던 재료로 내가 예상하지 못했던 방식으로 어떤 주제를 표현하는 작품들에서 받는 자극은 나의 상상력을 키우는 데도 도움이 되기 때문이다. 현대미술을 전시하는 미술관을 어슬렁거리는 것보다 평범한 일상에서 더 멀리 벗어나는 느낌을 주는 일은 없다. 적어도 나에게는.

집에서 걸어갈 수 있는 거리에 있는 국립중앙박물관보다 국립현대미술관이나 리움 같은 곳을 훨씬 자주 가는 내가, 여행지라고 해서 굳이 평소와 달리 수천 년 전의 유물을 보느라 그곳의 현대미술관을 포기할 이유는 없다고 생각한다.

여행을 가면 반드시 그 도시에서 가장 유명한 곳을 방문해야 한다는 강박을 버리기만 하면 된다. 평소에 미술관이라고는 전혀 가지 않는 사람이 외국의 유명 미술관을 간다고 무조건 즐거워지지는 않는다. 평소에 스포츠 관람에 전혀 관심이 없던 사람이 메이저리그 야구나 유럽의 축구 경기를 보러 간다고 즐거워지는 건 아니다. 평소에 클래식 음악에 전혀 관심 없던 사람이 빈에 간다고 해서 꼭 음악회에 가야 하는 건 아니다. 평소에 등산이라곤 전혀 하지 않는 사람이 여행지에서 산에 오르는 것도 좀 이상하고, 평소엔 집 주변 산책도 안 하는 사람이 산티아고 순례길을 무리해서 걷는 것도 어울리지 않는다.

때문에 자신에게 가장 어울리는 여행준비의 시작은 평소에 자신이 좋아하는 일을 더 즐겁게 할 수 있는 장소가 어디인지를 찾아보는 것이다. 이런저런 이유로 여행지가 결정된 이후라면, 평소에 자신이 좋아하는 일을 그곳에서도 할 수 있는 방법이 있는지 확인하는 것이다.

스키를 좋아하면 더 멋진 스키장을 찾아보고, 하이킹을 좋아하면 더 아름다운 하이킹 코스를 찾아보고, 와인을 좋아하면 더 근사한 와이너리를 찾아보는 식이다. 물론 찾는다고 다 갈 수 있는 건 아니다. 하지만 희망을 많이 품을수록 그 희망이 실현될 가능성은 높아지고, 때로는 희망 자체가 우리의 비루한 삶을 견딜 만한 힘을 준다.

그런데 모든 여행을 '평소처럼' 준비하는 건 너무 재미없는 일이다. 여행을 떠난다고 해서 전혀 다른 사람이 될 수는 없겠지만, 여행지의 나는 평소의 나와는 조금 달라야 한다. 그래야 더 많은 추억이 생긴다. 들뜬 마음에 평소라면 하지 않을 실수를 하기도 하지만, 여행지 특유의 분위기 때문에 평소에 별 관심도 없고 내키지도 않았던 일을 한번 체험해봤다가 의외의 큰 즐거움을 맛보기도 하고, 그것이 평생의 취미로 이어질 수도 있다.

로스앤젤레스에서 2년을 머물 때, 자동차로 40분 떨어진 곳에서 혼자 살고 있는 후배와 친하게 지냈다. 그는 한국말로 수다를 떨고 한국 음식도 먹기 위해 우리 집에 자주 왔는데, 대화의 소재로 흔히 올랐던 것이 여행이다. 시간이 남아돌았던 건 아니지만 한국에서 일할 때보다는 덜 바빴기에, 그리고 한국에서는 엄두를 내기 어려운 장소들 중 우리가 살던 곳으로부터 그리 멀지 않은 데가 꽤 있었기에, 말로 하는 여행준비는 언제나 즐거웠다. 실제로 몇 번은 같이 여행을 떠나기도 했다.

그러던 어느 날, 그는 나에게 한 가지 제안을 했다. 그랜드 캐니언을 가자는 것이었다. 나는 시큰둥하게 대답했다. 가봤는데 별로였다고. 너무 커서 현실감이 전혀 느껴지지 않았고, 장소를 옮겨서 바라봐도 똑같은 풍경이라 심심했다고. 그가 말했다. 위에서 바라보는 것 말고, 밑에 내려가서 캠핑을 하자고.

전망대에서 바라보는 것과 경비행기를 타고 내려다보는 방법만 있는 줄 알았지, 그 깊은 계곡의 바닥까지 걸어서 내려가는 방법도 있는 줄은 몰랐다. 약간의 흥미가 동하여 물었다. 얼마나 걸리는데? 코스에 따라 다르지만, 내려갈 때는 5시간 내외, 올라올 때는 8시간 내외. 손사래를 치며 말했다. 니가 가라, 캐니언 바닥.

그는 계속 나를 꼬드겼다. 지금 아니면 언제 그랜드 캐니언 바닥까지 내려가보겠느냐. (왜 굳이 내려가봐야 하는데?) 더 나이 먹으면 체력 떨어져서 못 간다. (지금도 그럴 체력이 없다.) 하루에 내려갔다 올라오는 게 아니라 내려가서 텐트에서 하룻밤 자고 올라오는 거니까 그리 힘들지 않다. (내려가는 것도 싫고 올라오는 것도 싫고 텐트에서 자는 것도 싫다.) 캐니언 바닥에서 올려다보면 어마어마하게 많은 별이 보인다더라. (원래 별 보는 것에 관심 없다.) 아주 많은 사람이 캐니언 바닥에서 캠핑을 한다. (좋아하는 사람들이나 하라 그래라.) 그렇게 위험한 건 아니라더라. (개뿔, 매년 10명 넘는 사람이 거기서 떨어져 죽는다더라.) 돈도 별로 안 든다. (돈을 받고 가라고 해도 안 간다.)

그는 계속 설득했지만, 나는 완강히 거부했다. 나는 원래 등산에는 아무런 관심이 없었다. 주말에 등산 가자고 하는 부장님이 우리 회사에는 없어서 참 다행이라고 생각하며 살아왔다. 자동차나 산악열차나 케이블카를 타고 산꼭대기에 올라서 아래를 내려다보는 건 몇 차례 해봤지만, 걸어서는 어느 산에도 올라가본 적이 없었다. 이건 뭐 등산은 아니지만, 가는 길보다 오는 길이 더 멀고 힘들다는 측면에서 등산보다 더 몹쓸 짓처럼 들렸다. 캠핑도

해본 적이 없다. 텐트에서 자본 적도 없다.

근데 솔직히 아주 조금은 끌렸다. 두 번은 아니라도 평생 한 번쯤은 해볼 만한 일처럼 들리기도 했다. 힘들겠지만, 다녀오면 분명히 많은 이야깃거리가 생길 것이다. 평소의 내 생활과는 거리가 멀어도 너무 먼 행동이지만, 여행이란 원래 평소에 안 하던 짓을 할 수 있는 기회이니, 미친 척하고 한번 해볼까 싶은 마음이 아주 잠깐 들기도 했다. 왕복 13시간이라.

옆에서 우리 대화를 듣고 있던 아내가 '가자'라고만 했더라면, 못 이기는 척 내려갔다 와서 후회했을 것이다. 그런데 아내는 '가라'고 했고, 나는 결국 포기하고 이제 와 후회하는 중이다. 그때 갔어야 했는데. 그럼 그 이야기를 이 책에 신나게 쓰고 있을 텐데.

그로부터 얼마 후, 후배는 혼자서 그곳을 다녀왔다. 편도 15킬로미터쯤을 걸어서, 꼭대기에서 1300미터쯤 아래까지 내려갔다 왔다. 그러고는 이틀 동안의 무용담을 두 시간 동안 들려줬다. 평생 처음 보는 풍경이었다고, 그랜드 캐니언 바닥에 누워 협곡 위의 밤하늘을 바라보는 것은 잊지 못할 추억이었다고. 그 이야기를 듣는 내 얼굴에 분명 부러운 표정이 스쳤을 것이다. 그 표정을 읽었는지, 같이 가지 그랬냐고 그가 말했다. 그러게, 같이 갈걸. 어차피 후회가 남았을 텐데, 갔다 와서 후회할걸 그랬다.

9. 별을 찍어보아요

무언가를 준비하는 데 즐거운 게 있던가? 준비는 닥쳐올 어떤 순간에 대비하여 미리 뭔가를 갖추어놓는 행위다. 우리는 살면서 정말 많은 준비를 한다. 시험을 준비하고 출근을 준비하고 식사를 준비하고 회의를 준비하고 시합을 준비하고 이직을 준비하고 이사를 준비한다. 심지어 준비물도 준비한다.

근데 준비를 한다고 해서 반드시 일이 잘 풀리는 것은 아니다. 한다고 했는데도 직장 상사는 회의 준비가 왜 이렇게 부실하냐고 타박하며, 시험 성적은 바라던 것보다 늘 낮게 나온다. 모든 선수가 최선을 다해 준비하지만 모두가 금메달을 딸 수 있는 건 아니고, 이 정도면 됐다 싶을 때까지 준비하고 결전의 순간을 맞이하지만 언제나 그보다 더 많이 준비한 경쟁자가 등장한다.

유비무환이라는 사자성어까지 만들어놓고 아직 생기지도 않은 일에까지 대비하여 뭔가를 준비하라고 다그치는가 하면, 준비를 너무 오래 하고 있으면 '차비 삼년에 제사떡이 쉰다'는 속담을 들먹이며 나무란다. 준비는 대체로 부담스럽고 괴로운 데다 지겨운 일이다. 오죽하면 결혼처럼 기쁜 일을 준비하면서도 그렇게들 싸우고 스트레스를 받을까.

그러나 여행준비는 다르다. 특히 구체적인 여행 계획이 없는 상태에서, 언젠가 꼭 가리라는 다짐도 없는 채로 느릿느릿 하는 여행준비는 괴로울 까닭이 없다. 내가 이런 여행 계획을 세웠노라고 어디 가서 발표할 일도 없고, 내가 준비한 계획을 다른 사람의 그것과 비교하며 잘했니 못했니 따질 필요도 없다. 그저 가고 싶은 곳의 목록을 하나 늘리고, 그곳에서 하고 싶은 일을 한두 가지 상상만 하면 된다.

떠날 계획이 없는 상태에서 여행을 준비하는 건 시험 치를 예정이 없는데도 공부를 하는 것과 비슷하다. 남들이 시켜서, 다른 누군가가 정해놓은 기준을 충족하기 위해서, 더 좋은 스펙을 쌓아 경쟁 상대를 이기기 위해서 하는 공부는 그토록 하기 싫건만, 아무도 시키지 않았고 누구도 알아주지 않지만 내가 좋아서 하는 일은 공부든 훈련이든 즐거울 수 있다. 살을 빼기 위해서 억지로 운동하는 사람은 괴롭지만 그 자체가 좋아서 운동하는 사람은 즐거운 것과 같다.

그런데 아무리 좋아서 하는 일이라도 노력의 결과물이 전혀 보이지 않으면 재미가 없다. 여행준비도 마찬가지다. 여행준비의 재미를 더하는 가장 쉬운 방법은 구글 지도에 별 찍기다. 구글 지도가 없던 시절에는 지도에 뭘 표시하기가 참 어려웠다. 다양한 축척의 지도를 여럿 구매해봤지만 그것만으론 할 수 있는 게 많지 않았고, 뭔가를 해보려 해도 시간이 너무 오래 걸렸다. 게다가 국내에서 구입할 수 있는 외국 지도는 극히 제한적이었다. 차라리 가이드북을 사서 포스트잇을 여기저기 붙이는 게 나았다.

하지만 구글 지도는 여행준비의 신기원을 열어준 놀라운 도구다. 책을 읽다가, 신문을 보다가, 텔레비전을 보다가, 친구의 수다를 듣다가, 뭔가 흥미로운 공간의 이름이 등장하면 구글 지도를 열어 몇 글자만 입력하면 된다. 그러면 그곳이 어디쯤인지, 내가 이미 알고 있는 다른 곳들과 얼마나 떨어져 있는지 한눈에 들어온다. 리뷰의 개수로 미루어 어느 정도 유명한 곳인지도 알 수 있고, 별의 개수로 미루어 어느 정도 매력적인 곳인지도 짐작할 수 있다. 여러 장의 사진을 통해 어떻게 생긴 곳인지 살펴보기도 쉽다.

내가 요즘 즐겁게 하는 행위 중 하나는 컴퓨터를 켰을 때 마이크로소프트가 보여주는 근사한 사진을 보며 어딘지 짐작하는 일이다. 오로지 사진 한 장만 보고 그곳이 어디인지 맞힐 때도 간혹 있지만, 틀릴 때가 더 많다. 맞히면 맞혀서 기분이 좋고, 틀리면 근사한 장소 하나를 새롭게 알게 되어 기분이 좋다. 풍광이 마음에 쏙 들면, 구글 지도를 열고 그 이름을 검색해본다. 한 번도 가보지 않았고 갈 계획조차 세운 적이 없는 장소도 물론 많지만, 가끔은 내가 대략이라도 훑어보며 언젠가의 여행을 꿈꾸었던 장소와 아주 가까운 곳일 때도 있다. 어느 쪽이든, 별을 찍는다.

나는 아주 오래전부터 이 짓을 해서 모든 별이 한 가지 모양으로 찍혀 있지만, 폴더를 자유롭게 만들 수 있으니 몇 가지 그룹을 나누어 별을 찍어도 좋겠다. 마음에 드는 정도에 따라 색깔을 달리할 수도 있겠고, 장소의 성격에 따라 각기 다른 폴더에 넣을 수도 있겠다.

이런 식으로 구글 지도에 별을 찍어가기 시작하면, 세계 곳곳에 수많은 내 별이 생긴다. 세계 곳곳에 부동산을 보유할 수는 없지만, 내가 직접 방문했던 많은 장소와 내가 가보고 싶은 더 많은 장소들이 별이 되어 지도에서 반짝이게 하는 일은 가능하다.

내 구글 지도에는 오대양 육대주 곳곳에 별이 찍혀 있다. 세어보지는 않았지만 1000개는 족히 넘을 것이다. 진심을 다해 언젠가는 꼭 가보리라 다짐한 명소도 있고, 별생각 없이 혹시나 하는 마음에 저장해놓은 레스토랑도 있지만, 그곳들 모두는 내가 한순간 잠시라도 마음이 끌렸던 장소들이다.

물론 잊어버린다. 한가할 때 가끔씩 그 별들을 이것저것 눌러보는데, 도대체 내가 무슨 이유로 별을 붙여놓았는지 알 수 없는 장소들도 있다. 인생의 어느 순간, 나중에 돌이켜보면 하등 중요하지 않은 일에 쓸데없이 마음을 빼앗겨 연연했던 것처럼, 그때 그곳에 별을 붙인 사람도 나고, 지금 다시 보며 이 별을 지우는 사람도 나다. 그렇게 별들은 나타났다 사라진다. 유난히 오랫동안 유별나게 반짝이는 별도 있고, 한동안 별이었다가 소리 소문 없이 먼지가 되는 별도 있다.

별을 찍는 행위는 진짜 여행 계획이 생겼을 때 다시 위력을 발휘한다. 가령 뮌헨 출장이 생겼다고 치자. 평소에 성실히(?) 별을 찍어두었던 사람은 뮌헨에서 자동차로 두세 시간 거리 내에서만 열두 개쯤의 별을 찾을 수 있게 된다. 짧은 출장이라도, 그중 두어 개의 별은 방문할 수 있다. 남들이 좋다고 하는 데가 아니라 내가 가보고 싶었던 곳을 갈 수 있게 되는 것이다.

새로운 여행 계획을 세울 때도, 유난히 많은 별이 반짝이는 지역이 우선해서 고려될 수 있다. 나라를 선택할 때도 그렇고, 나라를 택한 다음 그중 어느 지역에 갈지를 고를 때도 그렇다. 이왕이면 더 반짝이는 곳으로. 인생은 짧고 여행 기간은 더 짧다.

별을 찍을 때의 유의 사항. 결코 집착하면 안 된다. 더 많은 별을 모으려고 뜻 없이 아무 곳이나 퍽퍽 누를 필요는 없다. 이 별은 열두 개 모은다고 무료 음료가 생기는 그런 별이 아니다. 정말 관심 있는 곳, 다음에 더 한가할 때 홈페이지에 들어가보거나 관련 문서를 더 검색해볼 생각이 있는 곳에만 찍는 게 좋다. 내가 왜 여기에 별을 붙이는지, 그 이유를 잊지 않도록 별도로 메모를 하거나 하는 노력을 굳이 안 해도 된다. 그곳이 정말 (나에게) 매력적인 장소라면 시간이 흐른 후 그 별을 다시 만났을 때 불현듯 기억이 날 테고, 아무것도 떠오르지 않는다면 잊고 살아도 대세에 지장 없는 장소이리라.

혼자서 별을 모으는 것도 좋지만, 사랑하는 사람과 함께 모으는 것은 더 좋다. 부부가 함께 쓰는 태블릿 PC 같은 곳에 두 사람이 각자 별을 찍어나가면, 여러모로 좋은 일이 생긴다. 예를 들어 남편이 파란 별, 아내가 빨간 별을 각기 표시한다면, 그것들이 쌓여가면서 좋은 대화 소재가 된다. 상대방이 이미 별을 붙여놓은 곳에 나도 관심이 생긴다면, 그 별은 초록색으로 바꿔놓을 수도 있겠다.

연애할 때는 질문을 많이 한다. 궁금한 게 많아서, 상대방을 더 잘 알고 싶어서다. 그 궁금증의 원천은 상대가 원하는 것을 어떻게든 들어주려는, 그래서 상대가 나를 더 좋아하게 만들려는 마음이 아닐까. 그런데 연애 기간이 길어지면, 결혼을 해서 함께 살다보면, 질문이 줄어들고 대화는 겉돌기 쉽다. 상대방을 잘 알아서, 혹은 잘 안다고 착각해서일 수도 있고, 더 이상 매력 어필을 안 해도 된다며 방심(?)하기 때문일 수도 있다.

사람은 잘 안 변한다고들 하지만 우리 모두는 조금씩 달라진다. 노화라고 하든, 호르몬의 변화라고 하든, 그저 자연의 섭리라고 하든, 미세하게 그리고 꾸준히 변한다. 소망하는 것도 당연히 달라진다. 나이를 먹어가며 쓸데없이 욕심이 많아지면 노욕이라는 소리를 듣지만, 그건 물질이나 권력이나 명예 따위를 더 많이 가지려 몸부림칠 때 쓰는 말이다. 남의 것을 빼앗아 더 많이 가지려 하고 나의 힘으로 다른 사람을 굴복시키며 쾌감을 느끼려는 꼰대들에게 쓰는 말이다.

욕심은 경계해야 할 대상이지만, 희망은 최대한 많이 품어야 할 덕목이다. 가장 무서운 것이 희망을 잃어버리는 일이라 하지 않던가. 나이를 먹어도 하고 싶은 일이 많다는 건 좋은 일이다. 내가 좋아하는 일에 더 많은 에너지를 쏟고 나를 더 행복하게 하는 방법을 찾아서 스스로 행하는 것은 마음이 아직 청춘이라는 증거다.

내가 비록 일상에 찌들어 하루하루 버티고 있다 하더라도 마음속 어딘가에는 다양한 종류의 희망이 살아 숨 쉬고 있지 않나. 오래도록 같이 지낸 옆 사람도 그렇다. 그에게도 희망이 있다. 쑥스러워 남들 앞에서 잘 말하지 못할 뿐, 과연 이룰 수 있을지 의심스러워 이걸 원하노라고 당당하게 말하지 못할 뿐, 누구에게나 희망은 있다. 그걸 물어봐주고 인정해주고 격려해주고 지원해줄 사람은 배우자나 연인 외에는 찾기 어렵다.

그런데 어느 날 갑자기 진지한 표정으로 당신의 꿈은 무엇이냐고 묻기는 쉽지 않다. 그러면 상대가 크게 걱정하거나(어디 아픈가?) 어이없어할(이게 미쳤나?) 공산이 크다. 그런 의미에서 구글 지도에 함께 별을 모으는 행위는 서로의 희망을 알아차리고 서로의 희망을 격려하는 작은 단서를 줄 수 있다. 별도 달도 다 따주겠노라던 옛날의 약속은 공수표가 되어버렸지만, 사랑하는 사람이 찍어놓은 여러 별 중 하나쯤은 함께 여행할 수 있지 않을까.

짝꿍이 지도에 찍어놓은 별들을 하나씩 클릭해보면 미처 몰랐던 그의 숨겨진 소망이 보일 수 있다. 그가 평소에 어떤 꿈을 꾸며 살고 있는지, 그 편린을 엿볼 수 있다. 여기에는 왜 가고 싶어? 여기는 어떻게 알고 별을 붙여놓은 거야? 이런 질문을 통해 대화의 물꼬를 틀 수도 있다. 앞에서도 대화의 기술을 이야기했지만, 좋은 질문을 던지는 것이야말로 좋은 대화의 시작이다.

10. 여행지에서 뭘 먹지?

나는 유명하지 않다. 유명해질 기회가 없진 않았는데, 내가 발로 차버렸다. 크게 유명해지고 싶은 마음이 없었기에 후회는 전혀 없지만, 그때 내가 다른 선택을 했더라면 인생이 어떻게 달라졌을까를 상상하면 재미있긴 하다.

　나는 군 복무 대신 공중보건의사로 3년간 일했다. 의과대학을 졸업하고 대학병원에서 인턴을 마친 다음 8주간의 군사훈련을 받고 시골 보건지소로 갔다. 오랫동안 엄청나게 바쁘게 살다가 갑자기 엄청나게 한가해졌다. 인턴 때는 주 100시간 넘게 일했는데, 보건지소에서 일하는 공중보건의사는 주 40시간이면 충분했다. 노동 강도는 절반 미만. 시간이 남아돌았다.

　잠을 하루에 아홉 시간 자도 시간이 남고, 두꺼운 소설을 읽어도 시간이 남고, 비디오를 빌려다 봐도 시간이 남고, 게임을 해도 시간이 남았다. 해야 할 숙제도 없었고 해야 할 공부도 없었다. 다 좋은데, 문제는 먹는 거였다. 병원에서 일할 때야 뭐가 됐든 먹을 시간만 있으면 다행이었는데, 시간이 많아지니 그냥 배를 채우는 것만으로는 만족할 수가 없었다. 좀더 맛있는 음식이 먹고 싶어졌다. 그런데 시골이라 식당도 몇 없었고, 맛집이라 할 만한 곳은 더 없었다.

내 근무지가 서울에서 한 시간 떨어진 곳이라서 서울에 자주 나오긴 했다. 가끔은 지인들과 저녁 모임도 있었고, 맛집을 찾아다니기도 했다. 하지만 맛집 탐방을 매일 할 수는 없는 일이다. 혼자 가서 뭘 제대로 먹을 수 있는 맛집도 별로 없다. 무엇보다 '집밥'이 그리웠다.

그래서 내가 해 먹기로 했다. 그 전에도 자취라는 걸 해보긴 했지만 음식다운 음식을 만들어 먹는 본격적인 자취는 그때가 시작이었다. 그릇과 조리 도구들을 장만했고, 텅 비어 있던 냉장고를 채우기 시작했다. 그러곤 어머니와의 통화량이 크게 늘었다. 엄마, 김치찌개는 어떻게 끓여야 맛있어? 잡채는 만들기 어려워? 그냥 고기 넣고 오래 끓이면 곰탕 되는 거야?

그렇게 몇 달이 흘렀고, 내가 만들 줄 아는 음식의 종류는 크게 늘었다. 요리는 생각보다 재미있었다. 의외로 재능(?)도 있었다.

어머니가 알려준 대로 이것저것 만들었더니, 제법 그럴싸한 맛이 났다. 미향으로 유명한 개성 출신의 (당시) 39년 차 전업주부였던 어머니는 거짓말 좀 보태면 못하는 음식이 없었는데, 그 능력이 나에게도 조금은 전해졌던 모양이다.

사실 어릴 때부터 유난히 호기심이 많았던 나는 어머니가 해주신 맛난 음식을 먹으며 조리법을 묻곤 했다. 미각도 예민한 편이어서, 어머니가 평소와 좀 다른 재료를 넣으면 가족 중에 그걸 유일하게 알아차리는 사람도 나였다.

음식 만들어 먹기에 재미를 붙여서 점점 더 어려운 음식에 도전해보던 어느 날, 문득 한 가지 아이디어가 떠올랐다. 음식에 관한 추억들과 어머니의 레시피를 반반씩 섞어서 특이한 책을 한 권 써보면 어떨까. 전업주부 어머니와 의사 아들이 함께 쓴 요리책 겸 음식 에세이.

평생 가족들을 위해 수만 번의 밥상을 차린 어머니께 좋은 선물이 될 듯했고, 지루한 공중보건의사 생활에 활력을 불어넣을 수 있을 듯했다. 잘만 하면 나와 같은 자취생이나 초보 주부들에게 유용한 책을 만들 수 있으리라.

이런 생각을 하게 된 이유 중에는 기존 요리책에 대한 불만도 섞여 있었다. 그때 이미 몇 권의 요리책을 갖고 있었는데, 잔치 음식이나 손님 접대용 음식 같은 특별하고 거창한 요리는 많이 소개

되어 있어도 우리가 매일 해 먹는 기본적인 반찬, 국, 찌개 등에 대한 안내는 부족한 게 대부분이었다. 게다가 사진은 필요 이상으로 많은 반면 설명은 지나치게 간략해서 이해하기 어렵기도 했다.

가장 실용적인 요리책을 써보자. 거기에 더해 가장 따뜻한 요리책을 써보자. 누군가가 열심히 준비한 한 끼의 식사가 그걸 먹는 사람들에게 얼마나 많은 추억을 남기는지, 흔히 저평가되는 가사노동이 알고 보면 얼마나 가치 있는 일인지를 말하고 싶었다.

선배의 선배가 운영하는 출판사에 제안했더니 흔쾌히 책으로 내겠다는 답이 돌아왔다. 이후 오랫동안 어머니와 더 많은 전화를 주고받으며 레시피를 정리하고 그 음식에 얽힌 기억들을 서술했다. 처음 아이디어가 떠오른 지 1년쯤 지났을 때 『뭐 먹지?!』라는 책이 지식공작소에서 나왔다. 1999년 초의 일이다.

이 책은 꽤 화제가 됐다. 기대 이상이었다. 특이한 점이 많아서였을 것이다. 요리 전문가가 아닌 남자가 쓴 요리책으로는 최초라고 했고, 그 남자가 '총각 의사'라서 더 관심을 모았다. 사진이 없는 요리책이라는 점, 레시피와 음식에 관한 '이야기'가 번갈아 나오는 형식도 독특했다.

일간지 몇 곳, 주간지 몇 곳, 여성지 열 몇 곳에 기사나 인터뷰가 실렸다. 텔레비전과 라디오에도 몇 번씩 출연했다. 그중 하이라이트는 책의 공저자인 어머니와 함께 아침 생방송에 한 시간이나 출연한 일이었다. 어머니는 평생 처음으로 신문에 이름이 실렸고, 평생 처음으로 텔레비전에 나왔다. 생방송이라 걱정을 좀 했는데, 어머니는 첫 출연에서도 놀랍도록 천연덕스럽게 말씀을 잘했다. 모전자전?

책이 그렇게 많이 팔리진 않았지만, '어머니께 효도하자' '좋은 추억을 만들자'는 소기의 목적은 충분히 달성했다. 그렇게 두 달쯤 지났을 때 SBS에서 연락이 왔다. 음식과 관련된 새 프로그램을 준비하고 있는데, 나를 다섯 명의 진행자 중 한 명으로 발탁하고 싶다는 것이었다. 지금이야 진행자가 여러 명인 프로그램이 흔하지만 그때만 해도 새로운 시도였다. 고마운 제안이긴 했는데, 인생 계획에 없던 일이라 정중히 거절했다.

더 놀라운 제안은 며칠 후에 왔다. 이번엔 MBC였다. 교양과 예능을 접목한 아주 새로운 프로그램을 기획하고 있다고 했다. 개요는 이랬다.

세 개의 코너로 이루어진 프로그램을 만든다. 황금 시간대에 편성한다. 각 코너는 두 명이 진행할 텐데, 한 명은 완전 유명 연예인, 다른 한 명은 완전 새로운 인물을 투입한다. 새 인물로는 해당 코너 내용과 관련이 있으며 예능감이 좋은 전문가를 찾고 있다. 요즘 청소년들이 대부분 아침을 안 먹고 학교에 가지 않냐. 그런데 아침을 든든하게 먹는 게 건강에 좋지 않냐. 그래서 우리가 새벽에 학교에 가서 학생들의 아침 식사를 준비한 다음 숨어서 기다리다가 일찍 등교하는 학생들에게 깜짝 아침밥을 먹일 거다. 이 코너의 진행자로는 신동엽씨가 이미 결정되어 있다. 너, 의사고, 요리책 썼고, 잘생겼고(이 말도 있었는지는 확실하지 않다), 방송 좀 잘하더라. 같이 하자.

많은 분이 기억하겠지만, 이 프로그램은 대박을 쳤다. 그 유명한 「느낌표」다. 「느낌표」 첫 시즌의 인기 코너 '하자 하자'의 첫 진행자가 될 뻔했다는 이야기다. 무려 신동엽씨의 파트너로.

솔직히 고민을 좀 하긴 했지만, 아무리 생각해도 그게 내 길인 것 같지는 않았다. 얻는 것도 많겠지만 잃을 것도 많아 보였다. 그때 그 선택의 결과로, 나는 지금 유명하지 않다.

그 이후로도 가끔 방송국에서 연락이 오곤 했다. 단발도 있었고 고정도 있었다. 시사, 예능, 교양 등 장르와 주제도 다양했다. 이런저런 이유로 텔레비전이나 라디오에 몇 번 나가긴 했지만, 대부분의 제안은 고사했다. 글을 쓰는 건 좋았지만 방송은 왠지 끌리지 않았다. 유명해지는 것에 대한 두려움도 있었다. 마음 한구석에 이런 생각도 있었던 것 같다. 내가 「느낌표」도 거절한 사람인데, 그걸 할 수는 없지. (묘한 건, 그렇게 여러 번 방송 출연을 거절했는데, 지금은 팟캐스트도 하고 유튜브도 하고 있다는 거다. 「나는 의사다」 구독 좀 눌러주세요.)

옛날이야기를 너무 길게 했지만, 나는 이래봬도 요리책까지 펴낸 적이 있는 요섹남, 아니 요남이다. 그리고 자칭 미식가다. 당연히 여행준비에서도 가장 중요하게 생각하는 것 중 하나가 맛집 찾기다. 구글 지도에 1000개의 별을 찍어놓았다면, 그중 못해도 200개는 레스토랑이다. 행선지가 정해졌을 때, 전체 여행준비 시간의 최소 30퍼센트는 식당 찾기에 할애하는 편이다. 자동차 타이어 바꿀 때는 미슐랭타이어를 우선적으로 고려한다. 미슐랭가이드를 만들어주신 데 대한 작은 감사 표시다. 미슐랭가이드나 블루리본 시리즈 등과 같이 맛집을 모아놓은 책을 돈 주고 구입한 것만 해도 여러 권이다. 맛있는 것을 먹기 위해 여행 일정을 조정하는 것은 당연한 일이고, 오로지 맛집을 가기 위해 여행지를 정하는 경우도 있다.

모든 사람이 나처럼 맛집 찾기를 열심히 해야 한다고 생각하지는 않는다. 열심히 찾는다고 반드시 마음에 드는 식사를 하게 된다는 보장도 없다. 하지만 여행 중의 인상적인 한 끼는 멋진 풍경보다 더 오래 기억에 남는다. 길을 가다 대충 골라 들어간 식당에서도 멋진 추억은 생길 수 있지만, 미리부터 고르고 골라서 어렵게 예약하고 찾아간 식당이 근사한 경험을 제공해줄 확률은 더 높기 마련이다.

여행 중에 방문할 식당을 잘 선택하는 특별한 노하우는 사실 없다. 각자 원하는 것이 다르기 때문이다. 그저 내가 식당을 고르는 방법을 독자 여러분과 공유하려 한다.

첫째, 검증된 리스트를 살펴본다. 미슐랭가이드가 대표적이다. 전 세계 모든 도시를 아우르지는 못하지만, 미슐랭가이드는 현존하는 최고의 맛집 가이드다. 내가 방문할 도시편이 발행되어 있다면, 반드시 살펴본다. 홈페이지에서 공짜로 볼 수 있다. 미슐랭가이드에 오른 집, 특히 별을 받은 집은 대체로 가격이 만만치 않기 때문에 '가성비' 측면에서도 최고냐고 묻는다면 선뜻 그렇다고 답하기 어렵지만, 내 경험상 대부분이 평타 이상은 된다. 별 받은 집들이 좀 부담스럽다면, '빕구르망'이나 '더플레이트' 목록에 있는 집들도 충분히 믿을 만하다. 아시아 지역에 특화되어 있는 밀레 가이드도 참고할 만하고, www.theworlds50best.com 같은 사이트도 재미삼아 볼 만하다. 아주 유명한 '팻투바하' 같은 분의 포스팅도 좋은 자료다.

둘째, 현지의 독특한 음식 문화를 체험해보려 노력한다. 우리에게 삼계탕, 비빔밥, 불고기, 삼겹살, 청국장, 김치찌개, 냉면, 홍어, 간장게장, 해물파전, 수제비 등이 있는 것처럼, 어느 나라나 그곳 사람들의 솔푸드가 있다. 우리 입맛에 맞지 않는 것도 많지만, 맛이 없으면 없는 대로 있으면 있는 대로 좋은 추억이 된다. 조금만 검색해보면 현지인들이 사랑하는 음식과 음식점들의 목록은 어렵지 않게 찾을 수 있는데, 재료와 조리법, 그리고 음식 사진을 살펴보면서 가장 마음에 드는 음식 한두 가지를 골라서 먹어보는 편이다.

성공 확률은 반반. 정말 맛있다 싶은 경우도 종종 있지만, 이 동네 사람들은 왜 이걸 좋아하는지 도저히 이해가 안 가는 경우도 흔하다. 하지만 어정쩡한 성공보다는 대실패가 더 오래 기억에 남으니, 망하는 것을 두려워할 필요는 없다.

그래도 실패 확률을 줄이고 싶으면, 재료와 조리법을 잠시 살펴보는 게 도움이 된다. 육류인 경우, 주재료가 우리가 익히 아는 동물이 아니라면 실패 확률이 높다. 허다한 육류 중에 전 세계 사람들이 소, 돼지, 닭을 가장 많이 먹는 데는 다 이유가 있다. 낙타, 캥거루, 야크, 버펄로, 말, 토끼, 거위, 칠면조, 염소 등등 다 먹어봤지만, 그저 특이할 뿐 맛은 별로 없다. 생선은 비교적 안전한 편이지만, 발효를 많이 시킨 생선 요리는 먹기 힘든 경우도 많다. 우리 음식 홍어에 비견할 만한 생선 요리는 다른 나라에도 많다. 조리법은, 그릴이나 팬에 굽는 것은 상당히 안전, 튀김도 비교적 안전, 면류를 제외하고 국물이 핵심인 요리는 비교적 위험, 발효를 많이 시킨 음식이나 오래 저장해두고 먹는 음식도 약간 위험. 진하고 걸쭉한 소스를 잔뜩 뿌려놓은 음식은 매우 위험. 레시피는 복잡할수록 위험, 단순할수록 안전. 술안주로 분류되는 음식은 식사로 분류되는 음식보다 대체로 안전. 대략 이렇더라.

셋째, 식당 선택에서도 '평소처럼'과 '평소와 달리'의 조화를 이루려 애쓴다. 그리 길지 않은 여행이라고 해도 두 자릿수의 식사를 하게 되는 것은 보통인데, 모든 식사를 특별한 음식으로 채울수는 없다. 평소에 고기를 좋아하면 고기 요리를, 생선을 좋아하면 생선 요리를, 파스타나 피자를 좋아하면 그것을 더 먹는 게 당연히 더 즐겁다. 음식도 은근히 세계화가 많이 진행된 분야라, 한식 외에 우리가 평소에 흔히 먹는 수많은 음식은 다른 나라에도 많다. 하지만 평소와 완전히 똑같이 먹고 다니는 것은 심심하다. 여행의 본질 중 하나는 '낯섦'을 즐기는 것이니, 평소엔 잘 먹지 않는 계열의 음식도 여행 중에는 가끔 시도해보는 게 좋겠다.

넷째, 자본주의는 정직하다는 것을 명심한다. 흔히 가성비를 중요하게 여기지만, 실제로 식당에 따라 가성비의 차이가 있는 것도 사실이지만, 식사 경험의 만족도에 있어서 가격보다 더 높은 상관관계가 있는 변수는 없다. 국내의 맛집들도 그렇지 않던가. 음식이 정말 맛있는데 값이 싼 곳들에는 다른 단점들이 있기 마련이다. 주차장이 없거나 예약을 안 받거나 지저분하거나 불친절하거나 찾아가기 어렵거나 이상한 규칙들을 강요하거나. 모든 것이 완벽한 음식점이 '사딸라'에 식사를 주는 경우는 없다. 전망이 기막히게 좋은 곳인데 가격까지 저렴하다면, 음식이 맛없는 게 당연하다. 주택가 골목 안에 있는 허름한 식당인데 가격이 꽤 비싸다면, 음식이 맛있을 확률은 훨씬 올라간다. 드물게 총점이 어마어마하게 높은데 값도 싼 집이 있다면, 두 시간쯤 웨이팅이 생기는 게 당연하다.

다섯째, 최소 한두 곳은 정말 공들여 골라서 반드시 예약까지 한다. 미술관이나 유적지나 국립공원을 고르는 것과 똑같은 마음으로, 어쩌면 그보다 더한 비중을 둬서, 그 여행에서 가장 근사한 식사를 준비한다. 음식 맛은 물론 분위기나 숙소와의 거리도 고려해야 하지만 무엇보다 '스토리'가 있어야 한다. 그 식당을 선택하는 이유를 길게 설명할 수 있을수록 좋다. 그게 뭐든. 그곳에서만 먹을 수 있는 소위 '시그니처 메뉴'가 유명한 것도 이유가 될 테고, 식당 이름이 유난히 맘에 들거나 나에게 특별한 의미가 있는 단어라도 좋고, 그 식당 오너 셰프의 인생 역정이 재미있다거나, 식사 중에 내다보는 풍경이 어마어마하게 근사하다거나. 이런 경우라면 가격이 좀 비싸도 감수한다. 항공료나 숙박비를 포함한 전체 여행 경비를 생각하면, 그 많은 돈을 쓰는 것이 결국은 행복한 추억을 만들기 위한 것임을 생각하면, 그 여행을 대표할 수 있는 한 끼의 식사에는 돈 좀 써도 아깝지 않다.

좋은 곳일수록 반드시 예약을 해야 한다. 예약 없이 가면 자리가 없을 확률이 높고, 혹 자리가 있다 해도 더 좋은 서비스를 받지 못할 가능성이 있다. 당신이 레스토랑 주인이라면 한 달 전에 예약하고 찾아온 손님과 길을 가다 불쑥 들어온 손님 중 누구를 더 신경 쓰겠는가.

여섯째, 어쩌면 이게 가장 중요한데, 내가 고른 곳이 최고라고 자기 최면을 거는 것이다. 어차피 먹을 수 있는 음식, 갈 수 있는 식당은 한정되어 있다. 우리가 평소 음식점에서 성공도 하고 실패도 하고, 감동도 하고 '마상'도 입는 것처럼, 여행지에서도 같은 일이 벌어지는 건 당연하다. 너무 많은 식당을 정해놓고 숙제하듯 다니는 것도 불필요한 에너지 낭비이고, 너무 큰 기대를 했다가 실망하고 불평하는 것도 스트레스를 자초하는 일이다. 몇 군데는 미리 정해놓은 곳을 꼭 방문하고, 몇 군데는 여러 후보 중에서 그때 그때 상황에 따라 선택하고, 나머지는 거리를 걷다가 우연히 눈에 들어오는 집에 쑥 들어가는 걸 적당히 섞는 것이 가장 바람직하다. 열심히 검색해서 골라놓은 식당보다 우연히 발견한 식당에서 더 큰 만족을 느끼는 경우도 꽤 많다. 그러니 웬만하면 이 집 맛집이네 하면서 기쁘게 먹고, 현지 음식이 입에 맞지 않아 힘들면 '역시 집 나오면 고생이야' 하면서 껄껄 웃어버리면 된다.

이런 태도로 여행준비를 하고 여행을 다니다보니 여행지에서 만난 음식점에 대한 추억도 정말 많은데, 구체적인 이야기는 다음 글에서 풀어본다.

11.　인생 맛집,
　　　추억 맛집

도쿄에서 자동차로 두 시간 거리에 하코네 국립공원이 있다. 일본
의 국립공원들 중에서 방문객이 가장 많다는 곳이다. 10여 년 전,
하코네 여행을 준비하면서 작은 돈가스 가게를 발견했다. 좌석이
10여 개에 불과한 아주 작은 식당이었는데, 가격이 상당했다. 그
때 이미 2만5000원 정도였으니, 서울은 물론 도쿄 중심부의 유명
돈가스 집보다 비쌌다. 돈가스 애호가로서 궁금했다. 뭘 어떻게 만
들기에 이 값을 받는 걸까.

　가고시마 지방의 흑돼지를 사용한다는 안내문이 붙어 있는 가
게 앞에서 40분쯤을 기다린 끝에 자리에 앉았다. 칠십대로 보이
는 할아버지가 음식을 만들었고, 역시 칠십대로 보이는 할머니가
서빙을 했다. 다른 직원은 보이지 않았다.

둘이서 등심 하나 안심 하나를 주문했다. 잘게 채 썬 양배추와 소스, 된장국, 그리고 튀김. 겉보기엔 평범한 돈가스였는데, 맛은 정말 최고였다. 평생 먹어본 돈가스 중에서 가장 맛있었다. 맛보다 더 인상적이었던 건 주인 할아버지의 태도였다. 필생의 역작을 만들고자 하는 조각가의 몸짓, 뇌종양을 제거하기 위해 칼을 든 신경외과 의사의 눈빛이 보였다. 말을 붙이면 안 될 것 같은, 최고의 돈가스를 만드는 일 외에는 세상 그 무엇에도 관심을 두지 않는 듯한 모습이었다. 그 집의 돈가스 가격에는 만드는 사람의 정성과 자부심이 포함된 것이었다. 그 식당의 이름은 '리큐里久'였다.

몇 년 후 다시 하코네를 방문했고, 다시 그 식당을 찾았다. 어쩌면 그 식당에 가고 싶어서 다시 하코네를 선택했는지도 모르겠다. 모든 것이 똑같이 훌륭했고, 가격만 조금 더 비싸져 있었다. 하지만 기꺼이 지불했다. 그럴 만한 충분한 가치가 있었다.

이후 나는 여러 사람에게 이 식당을 추천했다. 내가 아는 것만 해도 최소 다섯 팀이 내 추천으로 이곳을 방문했는데, 그들 모두 나중에 고맙다는 인사를 전해왔다.

다시 몇 년이 흐른 후, 미국에서 살고 있는 친한 부부와 함께 도쿄 여행을 하게 됐다. 그들은 모두 어릴 때 이민을 간 사람들이라 일본 여행은 처음이었다. 그 부부는 내가 미국에서 2년간 지낼 때 가장 친하게 지낸 분들이었는데, 예전에 했던 다음과 같은 약속을 드디어 지키려던 참이었다. "언젠가 당신들이 한국을 방문할 때 도쿄를 들르기로 하면 우리 부부가 도쿄에 가서 안내를 해주겠다. 우리, 맛집 많이 안다."

두 번은 몰라도 한 번쯤은 해볼 만한 료칸 체험도 시켜줄 겸, 나의 인생 돈가스도 맛보게 해줄 겸, 짧은 일정이지만 하코네도 가기로 했다. 구체적인 일정을 잡는 과정에서 그 돈가스 집 홈페이지를 방문했다. 휴일을 확인하기 위해서였다. 그런데 뭔가 이상했다. 이런 안내문이 게시되어 있었던 것이다.

"가게 주인인 나가오카 히사오가 2016년 11월 22일 영면했습니다. 원래 혼자서 운영하던 가게였고 후계자를 두지도 않아서, 폐점하기로 했습니다. 주인은 이 일을 사랑했고, 컨디션이 회복되면 가게를 다시 열 예정이었지만, 그렇게 할 수 없게 되어 매우 유감스럽습니다. 리큐의 돈가스 맛을 항상 기대해주신 분, 더운 계절이나 추운 계절이나 줄을 서서 기다려주신 분, 가게 주인과의 대화를 즐겨주신 모든 분 덕택에 18년간 가게를 운영할 수 있었습니다. 리큐와 나가오카 히사오를 사랑해주신 여러분, 대단히 감사합니다."

겨우 두 번 방문한 음식점 주인의 부고를 보고 그토록 마음이 아팠던 이유는 지금도 잘 모르겠다. 예술가는 죽어서 작품을 남기고, 훌륭한 셰프는 죽어서 손님의 마음속에 추억을 남기는 모양이다.

아쉬운 마음에 홈페이지에 게시되어 있는 몇 개의 공지 사항을 더 살펴봤다. 리큐의 주인은 2016년 5월부터 몸이 아팠던 모양이다. 당분간 휴업한다는 공지, 4개월간의 휴업을 끝내고 영업을 재개한다는 공지, 하지만 과거보다 영업 시간을 좀 줄인다는 공지, 영업 재개 2개월 만에 다시 휴업한다는 공지가 연이어 있었다. 마지막 휴업을 공지한 날과 주인이 세상을 떠난 날 사이에는 겨우 7일의 시차가 있을 뿐이었다.

문득 눈물이 핑 돌았다. 이분은 진짜 목숨 걸고 돈가스를 튀겼던 것일까. 건강이 좋지 않은데도 불구하고 마지막 순간까지, 단한 개의 돈가스라도 더 만들고 싶었던 것일. 무대 위에서 쓰러져 생을 마감하는 게 소원이라는 배우들이 있는 것처럼, 이분은 주방에서 쓰러져 생을 마감하는 게 소원이었던 걸까. 그 돈가스가 그토록 맛있었던 것은 주인장이 그런 마음으로 음식을 만들었기 때문이었던 모양이다. 내가 아는 최고의 돈가스 장인, 나가오카 히사오 님의 명복을 빈다.

평범한 식당이지만 이름만 들으면 가슴이 뭉클해지는 곳이 한 군데 더 있다. UCLA 대학 근처에 있는 '구시Gushi'라는 한식당이다. 나는 2011년 여름부터 만 2년간 로스앤젤레스에서 살았다. 대학병원 의사인 아내가 UCLA 대학병원으로 연수를 갈 기회를 얻었기 때문이다. 나도 휴직을 하고 난생처음 외국 생활을 했다. 시간이 많았다. 음식도 만들고, 원격으로 회사 일도 좀 하고, 영어 공부도 하고, 이런저런 콘퍼런스도 다니고, 책도 많이 읽었다. 그리고 특히 좋았던 일이 두 가지 있다. 하나는 평소에 비해 여행과 여행준비를 많이 했다는 것, 다른 하나는 스스로 만족할 만한 책을 한 권 썼다는 것. 나의 대표 저서라 할 수 있는 『개념의료』는 그 시기가 없었다면 쓰지 못했을 것이다.

우리가 살았던 곳은 대학에서 교환교수 등에게 비교적 저렴하게 임대해주는 아파트였는데, 학교 바로 앞에 있었다. 이민 가방 두 개와 트렁크 두 개를 들고 그 집에 처음 도착한 날, 모든 것이 낯설고 불편했다. 배로 부친 이삿짐이 아직 도착하지 않아서 며칠 동안은 자는 것도 문제, 먹는 것도 문제였다. 냉장고, 세탁기, 전자레인지는 구비되어 있었지만 가스가 들어오지 않아서 뭘 해 먹을 수도 없었다. 물론 조리 도구와 식기도 없었다. 다행히 집에서 길 하나만 건너면 햄버거 집이 있었다. 당연히 미국에서의 첫 끼니는 햄버거. 그땐 몰랐지만 아직 한국에 들어오지 않은 미국의 햄버거 체인점 중에서 가장 유명한 곳인 '인 앤 아웃'이었다. (정말 값도

싸고 맛있는 햄버거다. 미국 서부에 갈 일이 있으면 꼭 한번 들러 볼 만한 집이다.)

햄버거를 사 와서 바닥에 앉아 먹는데, 어디선가 갈비 냄새가 나는 듯했다. 미국에 도착한 첫날부터 한국 음식이 그리워져 환각이 느껴지는 줄 알았다. 그런데 아내가 말했다. 어디선가 갈비 냄새가 나지 않냐고. 환각이 아니었던 거다. 이 아파트에 다른 한국인이 사는 걸까?

이튿날도 정말 바빴다. 은행에 가서 계좌도 만들어야 하고, 휴대전화도 개통해야 하고, 관공서 등을 다니면서 전기, 수도, 가스, 인터넷 등등 처리해야 할 것이 많았다. 전기밥솥을 비롯해 사야 할 것도 많았다. 그렇게 바쁘게 돌아다니다 집에 오니, 또 갈비 냄새가 났다. 아주 진한 냄새가 아니라 공기 중에 미세하게 느껴지는 정도였지만, 이건 양념에 재운 갈비를 숯불에 굽는 냄새임이 분명했다. 집 밖으로 나가서 냄새의 근원을 찾아봤다. 놀랍게도 가까운 곳에, 그러니까 걸어서 '30초' 거리에 구시가 있었다. 좌석이라곤 열 몇 개가 전부였는데, 그나마 실내가 아니라 차양만 쳐져 있는 야외 좌석이었다. (좋게 말하면 테라스?) 하지만 메뉴는 갈비, 불고기, 육개장, 김치볶음밥, 잡채 등등 꽤 많았고, 가격도 10달러 내외로 저렴했다.

주문 받는 분은 누가 봐도 한국인임이 분명한 중년 여성이었다.

나는 유창한 한국어로 가장 비싼 메뉴인 '갈비 플레이트'와 육개
장을 주문했다. 갈비 플레이트는 쌀밥 위에 숯불에 구운 LA 갈비
가 수북하게 덮여 있는 주요리 외에 김치와 샐러드와 탄산음료 한
잔이 포함된 메뉴였다. 양이 많아 일단 놀랐고, 기가 막히게 맛있
어서 다시 놀랐다. 구시는 내가 아는 한, 세계에서 가장 맛있는 LA
갈비를 파는 식당이다. 그런 곳이 집에서 30초 거리라니, 내가 전
생에 착한 일을 몇 번 한 게 틀림없었다. 육개장도 만만찮게 훌륭
했다. 내가 먹어본 육개장 중에서 최고 품질의 고기가 최고로 많
이 들어 있고, 한 그릇만 사면 우리 부부가 두 끼를 만족스럽게
먹을 수 있을 만큼 양도 많았다. 그 전에는 육개장 중 최고는 한일
관이라고 생각했는데, 마음속 랭킹을 바꿀지 말지 심각하게 고민
했다. (결국 국내 1등은 한일관, 국외 1등은 구시로 타협했다.) 다
른 메뉴들도 대체로 맛있었지만, 갈비와 육개장은 정말, 지금 생각
해도 입에 침이 고일 정도로 인상적인 맛이었다.

2년간의 미국 생활은 매우 행복했다. 아내는 매일 출근해야 해
서 나만큼 즐겁지는 않았겠지만, 그래도 한국에서의 생활에 비하
면 훨씬 여유 있는, 영어를 써야 하는 스트레스 말고는 괴로운 일
이 별로 없는 날들이었다. 춥지도 덥지도 않은 캘리포니아 남부의
날씨도 좋았고, 모든 사람이 모든 상황에서 한국보다는 조금씩 느
리게 움직이는 것도 좋았다. 하지만 구시가 없었더라면, 우리의 미

국 생활은 최소 5퍼센트는 덜 즐거웠을 것 같다. 먹는 건 그만큼 중요하다.

평소에도 자주, 그러니까 한 달에 최소 두세 번씩은 아무 때나 구시에 갔지만, 우리 부부가 반드시 구시에 가는 날이 있었다. 바로 여행에서 돌아온 날이었다.

미국에 사는 동안 꽤 많은 여행을 했다. 차를 몰고 다닌 여행도 있었고, 국내선 항공료가 그리 비싸지 않으니 비행기를 타고 멀리 가는 일도 여러 번 있었다. 온전한 휴가도 있었고 학회에 참석하는 일석이조 여행도 있었다. 짧으면 사나흘, 길어야 일주일간의 여행이었지만, 집으로 돌아오면 며칠 동안 못 먹었던 한식이 먹고 싶어졌다. 당연히 그때마다 구시에 갔다. 여행에서 돌아온 날은 무조건 구시. 이건 우리 부부에게 아주 중요한 루틴이었다. 우리는 요즘도 여행을 마치고 집으로 돌아오는 길에서 이런 대화를 한다. 집에 가면 뭘 먹을까. 이런 날은 구시에 가야 하는데, 우리 집 앞에는 구시가 없네. (대체로 하는 수 없이 라면을 끓여 먹는다.)

미국 체류를 마치고 돌아와서 3년쯤 지났을 때 샌프란시스코에 간 적이 있다. 갈 때는 직항을 타고 갔지만, 돌아올 때는 일부러 LA를 경유해 1박 하는 일정을 짰다. 목적은 단 두 가지. 나중에 하코네에 함께 가게 되는 그 가족들과 오랜만에 만나기 위해, 그리고 구시를 방문하기 위해.

3년 만에 다시 찾은 구시는 그대로였다. 여전히 장사가 잘 됐고, 여전히 현금만 받았고, 여전히 맛있었고, 여전히 한국어로 주문할 수 있었다. 심지어 늘 보던 그 아주머니가 주문을 받고 있었다. 정말 오랜만에 오셨네요. 네, 저희가 연수 마치고 귀국을 해서요. 여기 오려고 일부러 LA에 들렀어요. 그날따라 갈비가 한두 점 더 들어 있었던 것 같기도 하다.

이 글을 쓰면서 다시 검색을 해봤다. 구시는 여전히 그 자리에서 성업 중이었다. 언제쯤 다시 가볼 수 있을까. 2년이나 살았으니 그곳엔 지인도 많고 추억도 많다. 내가 떠난 후 새로 생긴 근사한 미술관도 있다. 하지만 LA에서 딱 한 곳만 방문할 수 있다면, 나는 구시에 가서 스티로폼 도시락에 담긴 갈비 플레이트와 육개장을 맛보련다. 코로나19 대유행이 진정되고 언젠가 다시 그곳에 갈 수 있게 되는 날까지, 구시가 건재하기를 바란다.

참, 가게 이름 구시는 사전에 없는 말이다. 의미를 물어본 적은 없지만 신조어 사전을 찾아가며 그 뜻을 유추해본 적이 있다. 뭔가 근사하고 긍정적인 것, 혹은 오케이나 땡큐의 의미로 쓰이는 일종의 속어인 듯하고, 아마도 비슷한 의미로 쓰이는 'good shit'에서 유래한 표현인 듯하다. 다음에 가면 한번 물어봐야겠다. 근데 의외로 주인장 성이 구씨인 건 아닐까?

12. 세계 최고 식당의 자격

다른 사람들 가슴에 염장을 지르기 싫어서 공개적으로 한 번도 밝힌 적은 없지만, 요즘은 '플렉스'가 유행이라고 하니 조심스럽게 고백해본다. 나는 지도에 별을 찍기만 하는 것이 아니라, 다른 별도 모은다. 미슐랭가이드에서 별을 받은 식당들을 찾아다니는 것이다.

별 하나 식당에서 밥을 먹으면 별 한 개, 별 두 개 식당에서 먹으면 두 개, 세 개 식당에서 먹으면 세 개를 모았다고 치는데, 지금까지 서른 개 이상은 모은 것 같다. 식당 수도 스무 개는 넘는다. 유럽이나 미국에만 별들이 뿌려져 있을 때는 모으기가 훨씬 어려웠는데, 요즘은 우리나라를 비롯한 아시아 국가들에도 많은 별이 뿌려져 있어서 과거보다는 좀 쉬워진 편이다.

별을 모으는 데 가장 큰 걸림돌은 역시 돈이다. 다 그런 건 아니지만 별 받은 식당들은 대체로 가격이 비싸다. 밥값만 한 끼에 수백 달러씩 하는 식당이 수두룩하고, 하다못해 맥주나 글라스 와인이라도 곁들이고 팁까지 주려면 만만찮은 돈이 깨진다. 그래 봐야 밥 한 끼인데 그렇게 많은 돈을 쓰는 걸 이해 못 하는 사람도 많겠지만, 적어도 내게는 그 정도 가치가 있는 일이다. 다른 곳에 그 돈을 썼을 때 느낄 수 있는 것보다 결코 적지 않은 즐거움을 주기도 하려니와, 그 순간의 즐거움 외에도 오랜 기간 즐거움을 지속시켜주기 때문이다. (그래서 다른 곳에는 상대적으로 돈을 덜 쓴다. 골프도 안 치고 술도 별로 안 먹고 시계도 안 찬다.)

우선 그 많은 별 중에 어느 별에 갈 것인지를 찾는 과정이 즐겁다. 미슐랭가이드 홈페이지에 가서 적당한 나라를 하나 고른 다음 그 나라에 있는 별들이 어디어디에 흩어져 있는지를 살펴본다. 의외로 수도가 아닌 곳에도 많고, 심지어 아무런 관광 명소가 없는 한적한 시골 마을에도 제법 여러 개의 별이 있다. 식당 이름(뜻을 몰라도 이름이 근사해 보이면 괜히 좀더 오래 쳐다본다)과 음식 사진들을 살펴보다 왠지 끌리는 곳이 있으면 홈페이지를 방문해 보기도 하고, 리뷰를 찾아보기도 한다. 구글에 식당 이름을 치고 뉴스 검색을 해볼 때도 있다. 그러나 정말 마음에 드는 곳을 발견하면, 일단 별을 찍어두고(별에다 별을 찍는 별스러운 행동이다),

잠재적인 여행 코스 중에 그곳을 포함시킨다.

실제로 갈 곳이 정해지면 당연히 예약을 해야 하는데, 의외로 예약 자체가 어렵거나 복잡한 곳도 많다. 미리 날짜와 시각을 정해놓고 두세 달 정도 되는 시즌 예약을 한꺼번에 받기 시작하는 극단적인 경우(세계 최고의 레스토랑 중 하나로 꼽히는 코펜하겐의 '노마Noma'가 그렇다)도 있고, 원하는 날의 30일 전부터 예약을 받는 곳도 있다. 일본의 식당 중에는 인터넷 예약은 안 되고 전화 예약만 받는 곳도 있는데, 영어로 예약이 가능한 시각이 일주일에 단 두세 시간만 주어지기도 한다. 적지 않은 돈을 미리 결제해야만 예약이 성립되고, 취소할 경우 시점에 따라 상당한 페널티가 부여되는 곳도 있다.

사람 심리가 참 묘한 것이, 이렇게 까다롭게 굴면 왠지 더 가고 싶어진다. 흥칫뿡 하면서 안 가면 그만이긴 한데, 뭔가 특별한 매력이 있으니 이토록 많은 사람이 원하는 거겠지 하는 생각에 호기심이 솟구친다.

덴마크의 수도 코펜하겐은 미식가들에게는 '성지' 중 하나다. 여러 미디어나 기관이 발표하는 전 세계 최고 레스토랑 랭킹에서 거의 빠짐없이 5위 안에 들고 가끔은 1등도 하는 '노마'를 비롯해 세계적으로 이름난 레스토랑이 여럿 있기 때문이다.

지난해 봄, 아내가 코펜하겐에서 몇 달 후에 열리는 학회에 참석할 예정이라며, 같이 가겠느냐고 물었다. 나는 날짜도 묻지 않고 무조건 가겠노라고 즉시 대답했다. 코펜하겐이라면 만사를 제쳐두고 들러붙어야 한다. 아내는 1년에 한두 번 해외 학회를 가는데, 나도 휴가를 내고 따라갈 때가 가끔 있다. 장소가 매력적인 곳일 경우다. 아내가 학회 장소에 가 있는 동안은 호텔 방에서 책을 읽거나 혼자서 미술관을 돌아다니면 되고, 저녁에는 같이 맛있는 것을 먹으면 된다. 학회가 끝난 이후엔 하루 이틀 개인 휴가를 쓰면서 관광도 할 수 있다. 내 비행기 표를 추가로 사야 하지만 어차피 내가 간다고 숙박비가 더 드는 건 아니니까.

덴마크에 있는 유명 레스토랑의 목록을 살피면서 가고 싶은 곳들을 골랐다. 좋은 곳이 참 많았지만, 그래도 일순위는 역시 노마였다. 코펜하겐이 무슨 옆 동네도 아니고, 어쩌면 노마를 경험할 처음이자 마지막 기회일 수도 있다. 하지만 노마를 예약하는 건 만만한 일이 아니다. 예약 사이트가 열리자마자 시즌 전체 예약이 끝나버리는 걸로 악명(?) 높은 곳이니까.

다음 시즌 예약을 받기 시작하는 날짜와 시각을 체크했다. 몇 주 후의 어느 날, 한국 시각으로 새벽 1시에 접속해서 '광클'을 해야 했다. 일정표에 입력을 하고, 30분 전에 알람 설정도 해놓았다. 노마는 주 4~5일만 영업하기 때문에, 내 일정상 가능한 날은 목금

토 사흘뿐이었다. 그 사흘 중에서, 점심이든 저녁이든 반드시 예약에 성공하리라 각오를 다졌다.

경건한 마음으로 컴퓨터 앞에 앉았다. 혹시 1~2분이라도 먼저 열리지 않을까 하는 마음에 연신 새로고침 버튼을 눌렀다. 1시 정각이 되자 마침내 예약 화면이 열렸다. 극도의 긴장 속에서 일단 금요일을 클릭했다. 저녁은 이미 매진, 점심은 아직 예약이 가능했다. 혹시 목요일은 저녁이 남아 있지 않을까 했지만 목요일은 점심, 저녁 모두 매진. 아차차. 점심이면 어떠랴, 노마에 가보는 게 중요하지. 다시 금요일을 클릭했다. 그러나 그 짧은 순간에 점심도 모두 매진. 망연자실이라는 표현은 이럴 때 쓰는 거구나. 다음과 같은 야속한 문장이 나타났다. "네가 원하는 날은 모든 좌석이 '솔드아웃'이니, 다른 날을 찾아보거나 대기자 명단에 이름을 올리렴."

뭐 어차피 못 가지만, 다른 날들도 여기저기 클릭해봤다. 놀랍게도 그 짧은 순간에 모든 예약이 다 차버렸음을 알게 됐다. 아, 나는 왜 이렇게 우유부단한 것일까. 첫 클릭에서 점심을 선택했으면 가능했을지도 모르는데, 왜 잠시 망설였을까. 내가 예약에 성공해서 노마를 경험했더라면, '세상에 미식가는 두 종류가 있다. 노마에 가본 사람과 못 가본 사람' 뭐 이런 헛소리를 하며 평생 우려먹었을 텐데……. 아쉽지만 대기자 명단에 메일 주소와 전화번호를 남기고 컴퓨터를 껐다. 혹시라도 취소자가 생겨 나에게 차례가 돌아오기를 기대하면서.

노마를 놓쳤다고 해서 절망할 것은 없다. 노마 못지않게 유명한 식당들은 코펜하겐에 또 있다. 두 번째로 설정한 목표는 '제라니움 Geranium'이었다. 이곳도 최고의 식당 리스트에서 최상위권에 오른 곳이고, 어떤 리스트에서는 노마보다 높은 순위를 기록하기도 한다. (미슐랭가이드에서도 노마는 의외로 별 두 개를 받았고, 제라니움은 별 세 개를 받았다.)

주 4일만 문을 여는 제라니움은 90일 전부터 예약이 가능한데, 금요일이나 토요일 저녁에 예약을 하려면 정확히 90일 전, 그것도 덴마크 시각 자정에 시도해도 예약에 성공한다는 보장이 없다. 수요일이나 목요일 저녁도 최소 두 달 전에는 예약을 해야 가능하고, 점심도 최소 한 달 전에는 예약을 해야 하는 곳이다.

역시 일정표에 입력해놓았다가 정확히 90일 전에, 이번에는 새벽에 일어나서 컴퓨터를 켰다. 또 새로고침을 반복하다보니 예약 페이지가 열렸다. 곧바로 클릭. 그리고 성공! 심장 박동이 빨라졌다. 해냈다! 이름, 이메일과 함께 신용카드 정보를 입력하고 예약을 마쳤다. 밥값의 절반쯤을 미리 결제해야 예약이 확정된다. (시간 변경은 가능하지만 취소해도 환불은 없다. 환불원정대가 가도 안된다.)

내가 경험해보니, 노마 예약은 아이유 콘서트 티켓 사는 것만큼 어렵고, 제라니움 예약은 한국시리즈 티켓 사는 것만큼 어려웠다. 그만큼 어려운 일이기에 성공했을 때의 기쁨도 크다.

내가 어딜 가든 맛집 순례를 열심히 한다는 사실을 아는 지인들은 가끔 묻는다. 네가 가본 그 많은 레스토랑 중에서 최고는 어디였냐고. 현시점에서 이 질문에 대한 내 대답은 '제라니움'이다.

훌륭한 레스토랑은 단순히 음식만 파는 곳이 아니다. 흔히 '파인 다이닝'이라고 하는 고급 음식점에 갈 때, 우리가 그저 배 채우러 가는 건 아니지 않나. 정말 좋은 음식점에서는 '경험'을 제공한다. 이야기를 들려준다. 평생 잊지 못할 추억을 만들어준다. 제라니움이 딱 그랬다.

제라니움은 위치부터 독특하다. FC 코펜하겐의 홈구장, 그러니까 축구장 건물 8층에 있다. 상암동 월드컵경기장 제일 높은 층에 최고급 레스토랑이 있는 셈이다. 실내는 밝고 캐주얼하다. 쓸데없이 격식을 차리며 손님을 불편하게 만드는 곳도 많은데, 여기는 북유럽 디자이너들의 작품처럼 단순하고 실용적인 아름다움을 추구한다. 테이블이 크지 않은 대신 테이블 사이는 널찍널찍하다. 고급 레스토랑 중에도 테이블들이 딱 붙어 있는 곳이 의외로 많은데, 여기는 그렇지 않다.

서빙을 하는 사람의 표정과 몸짓에도 근엄함은 전혀 비치지 않고, 마치 단골 식당에 또 찾아온 동네 주민을 대하듯 친근함이 묻어난다. "드디어 제라니움을 경험할 수 있게 된 걸 축하해. 예약하고 찾아오느라 힘들었지? 앞으로 세 시간 동안 우리가 충분히 즐겁게 해줄게. 기대해도 좋아." 실제로 이런 이야기를 하지는 않았지만, 내 귀에는 이런 말이 들리는 듯했다.

음식도 더할 나위 없었다. 좋은 재료, 참신한 조합, 과감한 시도, 독특한 플레이팅, 모든 것이 조화로웠다. 최고 수준의 레스토랑이 되기 위한 필수 조건이라 할 수 있는 '창의성'도 빛났다. 여긴 그야말로 '찐'이구나.

하지만 무엇보다 좋았던 것은, 모든 음식에 관한 설명을 그걸 만든 사람이 직접 와서 해준다는 점이었다. "이러저러한 재료를 써서 요래요래 '내가' 만들었다"는 자세한 설명. 녹음기를 틀어놓은 듯, 의무감에, 건조한 목소리로, 상대방이 듣든 말든, 빠르게 읊조리고 마는 설명이 아니었다. 눈을 맞추고 미소를 지어가며 음식을 만든 사람과 먹는 사람이 교감을 나누는 시간이었다.

코스가 중간에 이를 무렵, 뭔가 낯선 모습이 눈에 들어왔다. 손님들이 밥을 먹다 말고 잠시 어딘가를 다녀오는 것이었다. 혼자가 아니라 일행이 같이, 그것도 테이블 담당자와 함께였다. 뭐지? 주방을 구경시켜주는 건가? 이런 생각을 하고 있을 때 우리를 처음

맞아주었던 분이 웃으며 다가왔다. "우리 레스토랑 구경 좀 할래?" 싫다고 할 이유가 없었다.

처음 본 공간은 '샤퀴테리 저장고'라고 해야 하나, 서늘한 작은 방에 수많은 종류의 육가공품이 쌓여 있었다. 은은한 스모크 향과 진한 육향이 코를 파고들었다. 혼자 다 먹으려면 10년은 걸릴 듯한 양이었다. 어떤 재료로 어떻게 만드는지에 대해서도 간단히 설명을 들었지만, 잘 들리지 않았다. 후각 자극이 워낙 강렬해 청각은 마비된 느낌. 다음으로 구경한 곳은 와인 저장고. 천 병은 족히 넘는 각양각색의 와인들. 라벨만 봐도 비싸 보이는 것들. 와인의 세계에 탐닉하지 않은 게 얼마나 다행인지.

진짜는 그다음 공간이었다. 여러 명의 셰프가 바쁘게 일하고 있는 주방 공간. 밥 먹는 곳에서도 여러 명의 셰프가 보였는데, 그들이 전부가 아니었던 거다. 그리고 주방에서는 축구장이 내려다보였다. 빅 매치가 벌어지는 순간에는 일하는 데 방해되지 않을까. "저기 스카이 박스 보이지? 저기서는 우리 식당에 음식을 주문할 수 있어." 근사하긴 한데, 강렬한 자극이 한꺼번에 두 가지나 들어오면 오히려 감흥이 떨어지지 않을까 싶기도 했다. 그곳에서 일하던 셰프 한 명이 작은 접시에 샤퀴테리와 치즈를 몇 종류씩 맛보게 해주기도 했다. 짧고 인상적인 투어를 마칠 무렵에는 제라니움 상호를 배경으로 사진도 찍었다.

후식들 중 하나를 만든 사람은 한국인이었다. 이십대로 보이는 여성이었는데, 우리에게 다가와 반가움을 표했다. 자신은 영국에서 요리 공부를 했고, 제라니움에서는 2년째 일하고 있다고 했다. 한국에서 오는 손님이 많으냐고 물으니, 한 달에 한두 팀은 온단다. 즐거운 대화를 마칠 무렵, 그녀가 메모지와 필기구를 내밀며 이렇게 말했다. "실례가 안 된다면, 이메일 주소를 남겨주시겠어요? 제가 언젠가 귀국해서 저의 디저트 가게를 차리면 연락드리고 싶어요." 기꺼이 연락처를 남겼다. 언제가 될지 모르겠지만, 그녀가 한남동이든 연희동이든 분당이든 가게를 냈다는 메일이 오면, 반드시 방문해보리라. 꿈을 찾아 타국에서 열심히 일하고 있는 그녀에게 행운을 빈다.

제라니움에서 잊지 못할 추억을 만든 다음 날 오전, 무심히 메일함을 확인하는데 '노마'에서 보내온 메일이 있었다. 이건 뭐지? 예약 취소가 생겨서 대기자 명단에 이름을 올린 너에게 연락하는 거다. 오늘 저녁에 올 수 있으면 다음을 클릭해보렴. 헉. 어제 제라니움에 갔는데, 오늘 또 노마에 오라고? 인생에서 이런 호사를 이틀 연속 누려도 되는 걸까? 그건 너무 사치 아닐까? 아내에게 말했다. 노마에서 오겠냐는데? 나의 예상과는 달리 아내가 이렇게 말했다. 당연히 가야지.

클릭을 했다. 그러나 이미 여러 번 봤던 '솔드 아웃' 메시지만 뜰 뿐, 예약은 불가능했다. 이메일을 나한테만 보낸 게 아니었던 거다. 모든 대기자에게 동시에 보냈겠지. 그리고 내가 메일을 확인하기까지 걸린 두 시간 사이에, 누군가가 냉큼 예약을 한 것임이 분명했다. 좋다 말았지만, 노마는 인연이 아닌가보다, 제라니움도 충분히 즐거웠다, 이렇게 위안을 삼았다.

그런데 실제로 가보지도 못한 노마 이야기는 여기서 끝이 아니다. 그로부터 6개월 후, 노마로부터 다시 이메일이 왔다. 잠재적 고객 리스트에 올라 있는 나에게 노마는 시즌이 바뀔 때마다 메일을 보내곤 했지만, 이번에 보낸 것은 새로운 시즌 안내가 아니었다. 노마에서 오랫동안 함께 일했던 아무개 셰프가 이번에 독립하여 자신의 레스토랑을 열게 되었다, 그는 이러저러한 경력과 특기를 가진 훌륭한 셰프다, 우리는 그의 새로운 출발을 크게 축하한다, 노마를 사랑하는 고객 여러분께서도 그의 식당에 관심을 가져주시라. 이런 내용이었다. 클릭해보니 그 레스토랑도 코펜하겐 시내에 있었다. 노마랑 별로 멀지도 않은 곳이었다.

나는 노마에 가보지 못했지만, 그곳이 정말 좋은 레스토랑이라는 사실을 믿어 의심치 않게 됐다. 직원 중 한 명이 경쟁 업체를 차리는데 이렇게 따뜻하게 격려하고 도움을 주는 회사가 어디 흔하겠나. 이건 아무리 경쟁 업체가 생겨도 우리는 최고라는 자부심이 없으면 못 하는 일이고, 직원들의 발전과 성공이 곧 우리 회사의 성공이라는 인식이 없으면 못 하는 일이다. 열심히 일하다가 퇴사하는 직원에게 회사가 이렇게 배려하는 모습을 보면서, 남아 있는 직원들은 당연히 더 열심히 일하지 않겠나. 긴 여운이 남는 코펜하겐 여행이다.

2부 여행은 또 다른 일상

13.   경기장에 가면
보이는 것들

2019년 10월 26일. 나는 평생의 소원 중 하나를 이루었다. 두산베어스가 한국시리즈에서 우승하는 순간에 야구장에 있었다! 프로야구가 출범한 1982년부터 품어온 소원을 38년 만에 이룬 것이다. 경기 초반에 3:8까지 뒤지면서 이번에도 소원 성취는 물건너가는구나 싶었지만, 그게 9:8로 뒤집히고 9회 말에 다시 9:9가 되고 연장전까지 간 끝에 11:9가 되는 극적인 승부였기에 더욱 기뻤다. 눈물이 핑 돌았다. 야구팬들은 다들 알겠지만, 이건 쉬운 일이 아니다. 한국시리즈 우승 자체가 힘든 일이고, 우승이 확정되는 순간이 언제일지 예측하기 어렵고, 티켓을 구하는 것도 대단히 어려운 일이기 때문이다. (이 글을 쓰다 말고 그 경기의 하이라이트를 다시 봤다. 또 가슴이 뭉클해진다.)

나는 스포츠 관람을 좋아한다. 야구를 가장 좋아하지만, 다른 종목들도 재미있게 본다. TV로 보는 것도 즐겁지만, 스포츠는 역시 직관이다. 솔직히 직관은 불편한 점이 많다. 해설도 없고, 리플레이 화면도 없고, 클로즈업도 없고, 더우나 추위를 견뎌야 하고, 가끔은 비도 맞아야 하니까. 하지만 경기장에 가면 TV로는 결코 체험할 수 없는 여러 즐거움이 있다. 여행 중이라고 다를 까닭이 없다. 그러니 전 세계의 그 많은 경기장은 모두 나의 잠재적인 여행지다.

외국에서 운동 경기를 처음 관람한 것은 첫 해외여행이었던 프랑스 파리에서였다. 어렵게 티켓을 구해 파리 생제르맹 FC의 홈구장인 '르파르크'를 찾았다. 생전 처음 방문한 축구 전용 구장은 육상 트랙이 있는 종합경기장과는 느낌이 확연히 달랐다. 좌석 위치는 코너 플래그 근처로 그리 좋지 않았지만, 잔디에서 다섯 줄도 채 떨어지지 않은 곳이라, 정말 선수들의 숨소리가 들리고 땀방울이 보였다. 어차피 내가 응원하는 팀은 없으니, 경기보다는 경기장, 선수들보다는 관중을 더 자세히 봤다. PSG 팬들은 박자에 맞춰 단체로 발을 구르는 응원을 즐겨 했는데, 그럴 때는 정말 바닥이 쿵쿵 울리면서 심장 박동이 저절로 빨라졌다. 1897년에 처음 지었다는 이 경기장이 무너지지 않을까 걱정될 정도였다. 결정적인 기회를 놓치거나 실점을 했을 때 많은 관중이 '메르드'라고 똑같은 욕을 하는 것도 인상적이었다.

　그땐 처음이라 잘 몰랐다. 나중에 이탈리아, 영국, 네덜란드, 미국, 일본, 호주, 타이 등 여러 나라에서 다양한 스포츠 경기를 관람하면서, 나라마다 스포츠 경기장의 분위기가 상당히 다르다는 걸 알게 됐다. 거창하게 말하면 국민성이 드러난다고 할까.

　이탈리아에서 AS로마 홈경기를 보러 갔을 때였다. 프란체스코 토티가 주장이던 시절이다. 경기가 시작하기도 전부터 분위기는 거의 난장판이었다. 곳곳에서 다양한 폭죽을 터뜨려 연기가 가득했고, 경기장 전체에 몽둥이를 든 경찰관과 호스를 든 소방관이 줄을 맞춰 서 있었다. 휘슬이 울린 후에는 더했다. 이들은 소리 지르러 온 건가 싶을 정도로 시끄러웠다. 저쪽에서는 누군가 싸우고, 이쪽에서는 누군가 담을 넘고, 여기서는 무언가가 날아다니고 저기서는 누군가가 뛰어다녔다. 무슨 컵대회 결승전도 아니고 그냥 평범한 경기였는데도 그랬다.

　로마가 두 골을 앞서다가 동점이 되더니 후반 중간쯤 역전골까지 먹었다. 그 순간 경기장은 폭발했다. 아니, 관중이 폭발했다. 육이오 때 난리는 난리도 아니었다. 그런데 황당한 건, 아직 경기가 10분 이상 남았는데 꽤 많은 관중이 자리에서 일어나 퇴장하기 시작했다는 거다. 한 골만 넣으면 동점인데, 왜 나가지? 끝날 때까지는 끝난 게 아니지 않나? 경기는 종반으로 치달으며 점점 치열

해지고 있었는데, 경기장을 떠나는 사람은 점점 더 늘어났다. 도대체 왜 나가는 건지 궁금했다. 밖에 뭐가 있나? 나가는 선수들 얼굴 보며 욕해주려고 좋은 자리 잡으러 가는 건가? 나도 나가봐야하나? 경기가 끝난 이후 경기장에서 벌어지는 풍경도 보고 싶은데, 바깥 풍경도 궁금했다. 갈등하다가 결국 종료 5분을 남기고 일어섰다.

경기장 주변은 엉망이었다. 수많은 인파, 수많은 오토바이, 그리고 이미 자동차로 가득 찬 도로. 이들이 경기도 끝나기 전에 서둘러 나온 이유는 의외로 단순했다. 늦게 나오면 길 막히니까. 그렇다. 이탈리아 사람들은 축구를 정말 좋아하지만, 기다리는 건 정말 질색인 거다.

그 경기장은 로마시 외곽에 있었는데, 시내로 나오는 도로가 좁아서 정체가 극심했다. 유적들 때문에 개발을 잘 못 해서 거긴 지하철도 없었다. 결국 나도 버스를 타기까지 20분 이상 걸렸고, 버스가 경기장 주변에서 완전히 벗어나기까지 또 20분 이상 걸렸다. 먼저 나간 사람들은 이 정체를 피하기 위해 동점 혹은 역전의 순간을 볼 가능성을 포기한 것이었다.

중년 남자 네 명이 함께 암스테르담 출장을 갔을 때 아약스 홈구장을 찾은 것도 기억에 남는다. 긴 출장 중에 일요일만 일정이 없었는데, 그날 뭘 할지는 정해진 바가 없었다. 출장 중의 어느 날

저녁을 먹으면서 일요일에 뭐 할지 의견을 나누다가 문득 떠올랐다. 혹시 그날 축구 경기 없나? 확인해보니 아약스 홈경기가 있었고, 티켓도 구할 수 있을 듯했다. 군대에서 축구 좀 했던 다른 아저씨들도 모두 좋다고 했다.

그날 가장 인상적이었던 건 경기도 아니고 경기장도 아니고 관중도 아니고, 매점이었다. 정확히 말하면 매점의 대금 결제 방식. 아약스 경기장 내부의 모든 매점에서는 현금 결제가 불가능하고 신용카드 결제도 불가능했다. 그럼 뭘로? 처음엔 당황했다. 다들 맥주며 핫도그를 문제없이 사고 있는데, 나만 우왕좌왕했다. 알고 보니 '아약스 카드'로만 음식을 살 수 있었다. 충전식 선불 카드였다. 내가 구입할 음식 가격을 잘 계산한 다음 한쪽 구석에 있는 충전 전용 창구로 가서 30유로를 충전했다. 여길 다시 올 가능성은 거의 없으니, 많이 충전할 필요는 없었다. 29유로를 쓰고 1유로가 남았지만, 그건 기념품 값이라 생각하면 아깝지 않았다. 아약스 로고가 새겨진 그 카드는 10년이 더 지난 지금도 잘 간직하고 있다.

상업이 발달한 나라다운 훌륭한 방법이라 생각했다. 결제가 간편하니 줄도 길어지지 않았고, 미리 받아놓은 돈이 모이면 이자도 발생할 것이고, 나 같은 뜨내기손님이 충전해놓고 쓰지 않은 낙전도 모으면 꽤 될 터였다. 그러고 보니 네덜란드 관중은 응원도 실용적으로 했던 것 같다. 아무 때나 소리 지르며 기운 빼지 않고, 차분하게 경기를 보다가 꼭 필요할 때만 강하게 내지르는 응원.

미국에서 야구장에 가면 이 사람들은 야구를 보러 온 건지 뭘 먹으러 온 건지 알 수 없을 정도로 끊임없이 먹는다. 멀쩡한 자기 자리를 비워놓고 매점 테이블에 앉아서 이것저것 먹으며 TV로 야구 보는 사람도 많다. 그럴 거면 왜 왔는지. 여기가 맛집이야?

영국에서 축구장에 가면 이 사람들은 축구를 보러 온 건지 도서관에 온 건지 알 수 없을 정도로 진지하고 심각하게 축구를 본다. 하프 타임 때 말고는 화장실에 가는 사람도 거의 없어서, 중간에 누가 나가려 하면 아주 짜증스러운 얼굴로 길을 비켜준다. 이 엄중한 시기에 화장실 가는 너는 생각이 있는 거냐 없는 거냐, 뭐 이런 표정이다. 당연히 경기를 보며 뭘 먹는 사람도 별로 없다.

일본에서 야구장에 가면 외야석을 가득 메운 관중의 일사불란한 응원에 놀란다. 내야는 우리 야구장 풍경과 비슷하지만, 외야는 분위기가 사뭇 다르다. 거의 모두가 유니폼을 입고, 응원단장의 손짓 하나에 신속 정확하게 구호를 외치며 동작을 실행하는데, 이건 뭐 전문 응원단이 따로 없다.

나는 외국에서의 스포츠 관람과 관련해서 아주 특이한 경험들도 갖고 있다. 1998년의 어느 날, 공중보건의사로 일하고 있던 내게 한겨레신문사 직원이던 선배가 전화를 걸어왔다. 당시는 방콕 아시안게임 직전으로, 한반도 깃발을 흔들며 남북한 선수들을 함께 응원할 공동응원단을 한겨레신문사가 꾸린 시점이었다. 선배는 그 프로젝트의 실무 책임자였는데, 추첨으로 뽑힌 400명의 응원단을 이끌고 방콕으로 떠날 준비를 하느라 정신이 없었다. 나에게 전화를 건 목적은 혹시 방콕에 함께 갈 수 있는지 묻기 위함이었다. 회의에서 누군가 이런 질문을 던졌기 때문이다. "누가 아프면 어떡하죠?"

의사인 내가 따라간다고 해도 맨손으로 할 수 있는 일은 별로 없었지만, 단체 여행자보험도 가입하지만, 그래도 주최 측으로서는 응급 상황에 대한 대책 마련이 필요해 보였던 것이다.

나로선 마다할 이유가 없었다. 휴가를 내는 건 어렵지 않았지만 여권이 없는 게 문제였다. 그때만 해도 병역 미필자는 단수여권 받기도 쉽지 않았다. 부랴부랴 서류를 준비해 여권을 신청했지만 출국 사흘 전까지도 여권이 안 나왔다. 결국 한겨레에서 여기저기 전화를 걸어 부탁까지 해야 했다. 아무튼 나는 '응원단 주치의'라는 희한한 신분이 되어, 상비약을 조금 챙겨 들고 방콕 출장을 갔다. 생애 최초로 유도, 핸드볼, 탁구 등을 직관했고, 박찬호 선수가 출전한 야구 결승전도 봤다. 축구는 4강전에 응원을 갈 예정이었는데 8강에서 타이에 어이없이 지는 바람에 못 봤다. 낮에는 응원하고 밤에는 사람들에게 감기약 등속을 나눠주는 일을 했다. 일종의 주경야독인가? (그때 전세기를 타고 갔는데, 기내식으로 '비빔밥'을 처음 먹었다. 신기해서 물어보니 새로 개발한 메뉴를 전세기에 시험 삼아 먼저 제공한다고 했다.)

똑같은 일은 2년 후에도 생겼다. 2000년에는 동아일보에서 남북한 공동응원단을 꾸려 시드니올림픽에 보내기로 했는데, 같은 문제로 고민하다가 나에게 연락을 한 것이었다. (그 프로젝트의 실무 책임자는 2년 전 방콕 프로젝트의 부책임자였다.) 그래서 또 갔다. 응원단 주치의로 올림픽과 아시안게임에 모두 참여해본 의사가 세상에 나 말고 또 있는지는 모르겠다.

시드니올림픽에서 가장 기억에 남는 순간은 야구 3, 4위전이었다. 숙적 일본과 동메달을 걸고 싸운 그 경기에서 이기면서 우리는 야구 사상 최초로 올림픽 메달을 땄다.

우리 대표팀이 출전하는 국제 경기라면 모를까, 외국 여행 중에 스포츠 경기를 보러 가는 건 왠지 내키지 않는다고 생각하는 분이 많을 것이다. 하지만 경기를 보는 것 외에도 그 나라 사람들이 사는 모습을 보는 재미가 있고, '경기장' 건물을 구경하는 재미도 있다. 로마에 가면 흔히 콜로세움에 가지 않나. 콜로세움과 '캄프누'는 건립 시기와 건축 방법이 다를 뿐, 결국 같은 용도의 건물이

다. 게다가 후자가 '스토리'는 훨씬 많다. (사실 콜로세움보다 캄프
누가 입장료도 더 비싸다. 경기가 없는 날의 투어 입장료도 그렇
다.) 스포츠에 아예 관심이 없는 사람이라면 모를까, 대부분의 사
람에게 유명 경기장은 의외로 훌륭한 관광지가 될 수 있다.

세계적으로 이름난 경기장만 방문할 가치가 있는 건 아니다. 유
럽 빅 리그의 빅 클럽 경기장이 아니더라도, 수만 명이 들어가는
메이저리그 야구장이 아니더라도, 어느 소도시의 소박한 경기장
에 앉아 맥주를 홀짝이는 것도 충분히 즐겁고 기억에 남는 일이
다. (물론 날씨가 좋아야 한다.) 제주에 있는 서귀포 월드컵경기장
에서 축구를 보며 치맥과 바닷바람을 즐기는 건, 꼭 K-리그 팬이
아니어도 경험해볼 만한 일이다. 티켓 값도 아주 싸기 때문에, 카
페에서 치맥하는 것보다 돈이 더 들지도 않는다.

사실 나는 소망하는 것에 비해서는 많은 경기장에 가보지 못했
다. 거의 언제나 여행 계획이 잡히고 나면 그 시기에 그 도시에서
열리는 스포츠 이벤트를 확인하는데, 날이면 날마다 경기가 있는
건 아니라서 기회를 잡기란 쉽지 않다. 비시즌이거나 하필 홈팀이
원정을 가거나 하는 경우도 많다.

대신 언젠가 꼭 가보겠다고 마음먹은 경기장은 참 많다. 그중에
서도 다음 세 곳은 정말 가고 싶은데, 접근성이 워낙 떨어지는 곳
들이라 언제쯤 꿈이 이루어질지는 모르겠다.

노르웨이 로포텐 제도에 있는 헤닝스베르 스타디움Henningsvaer Stadium, 크로아티아 이모트스키에 있는 스타디온 고스핀 돌라치 Stadion Gospin Dolac, 그리고 아이슬란드 베스트만나에이야르에 있 는 하스테인스뵐루르 스타디움Hasteinsvollur Stadium.

발음하기도 어렵지만, 셋 다 정말 어이없는(?) 곳에 경기장이 있 고, 그래서 아주 독특한 풍광을 자랑한다. 한번 검색해보시길. 놀 랍게도 이 중 아이슬란드에 있는 건 그 나라 1부 리그 팀의 홈구 장으로 사용되고 있는 곳이다.

시간과 돈과 바이러스가 허락해야 하는데, 언제쯤 가볼 수 있 을까.

14. 호기심 대마왕의 기억력

어릴 때부터 궁금한 게 많았다. 나를 키운 건 팔할이 호기심이었다. 세상만사가 다 궁금했지만, 그중에서도 특히 내 흥미를 끌었던 건 시장이었다. 물리적 장소로서의 시장도 물론 흥미로웠지만, '시장경제'라고 할 때의 그 시장이야말로 신기한 것이었다.

　세상에 이렇게 다양한 물건들이 존재한다는 것이 놀라웠고, 그 모든 물건들에 각기 다른 가격이 매겨져 있다는 것은 더욱 놀라웠다. 똑같은 크기인데 왜 어떤 것은 천 원이고 어떤 것은 만 원인지, 똑같은 물건인데 왜 파는 곳에 따라 가격은 다른지, 내가 볼 때는 무엇에 쓰는 물건인지 도통 알 수가 없는 저 많은 물건은 어디에 쓰는 것인지, 나에겐 전혀 쓸모가 없는 저 물건은 누구에게 필요한 것인지, 저렇게 많은 상품은 누가 어디에서 어떻게 만들어내는 것인지, 이건 왜 이렇게 비싸고 저건 왜 저렇게 싼지, 이런 게 참 궁금했다. 마돈나는 노래했다. Living in a material world. And I am a material girl. 나는 머티리얼 보이였다. 시장을 이해하는 것이 결국 세상을 이해하고 사람들의 마음을 이해하는 것이라는 사실을 본능적으로 알았던 모양이다. (그런데 왜 돈 버는 데는 별로 관심도 없고 돈도 많이 못 벌었는지, 그게 참 미스터리다.)

지금 생각해보면 왜 경영학이나 경제학을 전공하지 않았는지 모르겠지만, 나는 지금도 그런 것들에 관심이 많다. 전공 분야도 아닌데 경제 경영 관련 책도 많이 읽는다. 여행을 가서도 자연보다는 인공적인 것들, 그중에서도 시장에 매혹된다.

나의 첫 해외여행은 1994년이었다. 프랑스와 독일에 한 달을 머물면서 여기저기를 돌아다녔지만, 가장 인상적인 장소는 가이드북에 나오는 유명 관광지가 아니라 '카르푸'와 '이케아'였다. 당시는 이마트가 막 생겨나던 시절이고, 카르푸나 이케아는 한국에 들어오기 전이었다. 전통시장이나 백화점이나 동네 슈퍼마켓 정도에만 익숙했던 나에게, 대형 할인매장인 카르푸는 그야말로 신세계였다. (백화점 이름으로 '신세계'보다 더 좋은 게 있을까 싶다.)

가장 놀라운 것은 상품의 다양성이었다. 우유 한 가지만 해도 살균 방식, 지방 함유량, 유기농 여부 등에 따라 수없이 많은 상품이 존재했고, 포장 단위도 상상을 초월할 정도로 다양했다. 동네 슈퍼에서 3~4가지 제품 중에 하나를 고르는 게 너무나 당연했던 나에게, 수십 종류의 우유들이 쌓여 있는 매장은 놀라움을 넘어 당혹스럽기까지 했다.

맥주는 더했다. 물론 그때 이미 우리나라에서도 다양한 맥주가 팔리고 있었다. 오비와 크라운밖에 없던 시절은 오래전에 지났고, 하이네켄을 비롯한 수입 맥주들도 한참 전에 들어와 있었고, 하이트와 카스가 새롭게 등장하여 인기를 끌던 시절이었으니까. 하지만 그곳의 대형 슈퍼에는 100종류는 너끈히 넘는 맥주들이 진열되어 있었다. 10종류만 되었어도 다 먹어보겠다는 다짐을 했을 텐데, 그런 생각은 엄두도 못 낼 정도로 많았다. 왓 어 원더풀 월드!

지금이야 만 원이면 동네 편의점에서 수입 맥주 네 캔을 살 수 있고, 다들 필스너 계열이 어쩌구 페일 에일이 저쩌구 하며 맥주의 역사를 읊을 수 있고, 수제맥주 집을 찾아다니는 걸 넘어 집에서 맥주를 만들기도 하고, 좋아하는 맥주 브랜드를 열일곱 개쯤은 댈 수 있는 세상이 되었지만, 그때는 그런 시대가 아니었다.

신선식품 코너도 놀랍기는 마찬가지였다. 듣도 보도 못한 수많은 과일, 채소, 허브들, 갖가지 단위로 예쁘게 포장되어 팔리는 육류와 해산물들은 생각보다 저렴한 가격과 더불어 나에게 '풍요로움'이 무엇인지 알려줬다. 냉동식품 코너야 말해 무엇하랴. 그때는 햇반도 등장하기 전이고, 라면이나 냉동만두를 빼면 간편식이랄 것도 변변치 않던 시절이었으니.

더 놀라운 것은 무엇에 쓰는 것인지 알 수 없는 물건이 무척이나 많았다는 사실이다. 영어를 쓰는 나라였으면 포장지에 적힌 글자들이라도 좀 읽어봤을 텐데, 모양만 봐서는 용도를 짐작하기 어려운 물건이 너무 많았다. 결국 나는 카르푸에서 하루 종일을 보냈고, 며칠 있다가 한 번 더 방문하기까지 했다.

이케아는 이름도 몰랐던 곳인데, 그곳에 사는 사람들이 즐겨 가는 명소(?)라기에 큰맘 먹고 찾아가보았다. 와우, 세상에 이런 곳이 존재한다니! 매장의 크기에 놀라고 어마어마하게 많은 상품의 종류에 놀라고 이렇게 많은 가구가 DIY 방식으로 판매된다는 사실에 놀랐다. (그때는 DIY라는 말도 몰랐지만.) 생각보다 저렴한 가격도 흥미로웠고, 모두가 자동차를 몰고 와서 잔뜩 물건을 실어가는 구매 방식도 신기했다. 용도를 짐작하기 쉽지 않은 물건들은 카르푸보다 훨씬 더 많았다. 결국 오전에 입장한 나는 핫도그로 배를 채워가며 다리가 후들거릴 때까지, 문 닫는다고 나가라고 할 때까지 이케아를 만끽했다. 그땐 정말 그런 생각을 했던 것 같다. 아, 나도 이케아 있는 나라에서 살고 싶다. (그 소망은 20년쯤 지난 후에 이뤄졌다.)

갖고 싶은 물건이 많았지만 가난한 여행자 신분이라 아무것도 사지 못했고, 곳곳에 쌓여 있던 연필을 기념품으로 들고 왔을 뿐이다. (그러니까 내가 '1세대 연필 거지'였던 셈이다. 나중에 다시 말하겠지만, 어디에 어떻게 쓸지 다 계획이 있었기 때문이다.)

시장 못지않게 신기했던 것은 세상이 돌아가는 이치였다. 문화, 시스템, 법과 제도 뭐 이런 것들. 생각도 다르고 욕망도 다른 수많은 사람이 모여 사는 이 사회가 원활하게, 최소한 그럭저럭 굴러가도록 하기 위해 우리가 만들어놓은 수많은 규칙 자체가 참 신기했다. 그리고 그 규칙들이 나라와 시대에 따라 크게 다른 것도 정말 신기했다.

오래전 파리에 갔을 때 가장 인상적이었던 것 중 하나는 그곳의 흡연 문화였다. 물론 지금보다 흡연에 훨씬 관대한 시대였고, 프랑스가 우리보다 흡연에 관대하다는 것은 알고 있었지만, 그 정도일 줄은 몰랐다. 샤를 드골 공항에 처음 내렸을 때부터 느꼈다. 공항 청사 내에서, 그것도 금연 표지판 바로 아래에서 신나게 담배를 피우는 사람이 아주 많았던 것.

사람들은 남녀노소 불문하고 언제 어디서나 담배를 피웠다. 금연구역이 간혹 있긴 했으나 잘 지켜지지 않았고, 카페나 식당 입구에서는 거의 인사말처럼 흡연석 줄까 금연석 줄까를 물었지만, 들어가보면 칸막이 하나 없어서 결국 실내 전체가 담배 연기로 가득 차 있었다. TV에 나오는 유명 배우나 가수들은 흔히 담배를 피우면서 인터뷰를 했다. (그랬던 프랑스도, 지금은 강력한 금연 정책으로 흡연율이 크게 감소했다고 한다.)

당시엔 나도 흡연자여서, 여행 기간 내내 프랑스 담배를 피웠다. 주로 골루아즈 블루. 프랑스 소설이나 영화에 숱하게 등장하는 골루아즈 중에서도 가장 독한 것. 말버러 레드와 동급. '갈리아 여성'이라는 이름을 가졌다. 가끔은 두 번째로 유명한 '지탄'도 피웠다. 이건 '집시 여성'이라는 뜻이다. '말아 피우는 담배'에 도전하기도 했다. 담뱃잎을 얇은 종이에 직접 말아서 피우는 거다. 필터가 없으니 텁텁해서, 또한 매번 담배를 마는 게 귀찮아서 한 번 구입하고는 그만뒀지만. (로마에 가면 로마 법을, 프랑스에 가면 프랑스 담배를.)

그들은 꽁초도 아무 데나 막 버렸다. 나도 그들을 따라 꽁초를 손끝으로 튕겨 날리면서 작은 쾌감을 느끼기도 했다. 그러던 어느 날, 나는 길모퉁이에서 맛있게 담배를 피운 다음 쓰레기통에 꽁초를 버렸다. 그 순간 어느 할머니가 다가와서 나에게 호통을 쳤다. 불어를 모르니 무슨 말인지 이해를 못했지만, 분위기는 "너 왜 꽁초를 함부로 버리니?" 이런 뜻인 듯했다. 이건 무슨 상황이지? 다들 아무 데나 버리던데? 심지어 나는 쓰레기통에 제대로 버렸는데?

내가 억울한 표정으로 어버버하고 있으니, 이 할머니도 서툰 영어로 설명을 하기 시작했다. 꽁초를 쓰레기통에 버린 행위가 잘못이라는 거였다. 담배꽁초를 쓰레기통에 버렸다가 혹시라도 쓰레기통에 불이 나면 어떻게 할 거냐. 그건 공공재산이다. 꽁초는 길에다 버리면 된다. 어차피 내일 아침이면 청소부들이 다 치운다. 그들도 먹고살아야 한다. 네가 지금 청소부들의 일자리를 없애겠다는 거냐……. 결국 나는 이렇게 말하고 나서야 풀려났다. 익스큐제 무아.

나중에 알고 보니 그 할머니가 예민하게 반응한 이유가 있었다. 그 일이 있기 몇 달 전에 몇 건의 폭탄 테러가 파리에서 발생했고, 테러범들의 수법이 거리나 지하철역의 쓰레기통에 넣어둔 폭발물을 터뜨리는 것이었다. 그래서 많은 쓰레기통이 아예 철거되고, 일부는 속이 들여다보이는 형태로 바뀌던 중이었다.

독일에 출장 갔을 때 놀랐던 것 중 하나는 자전거 문화였다. 자전거 도로가 도시 전체에 잘 마련되어 있었고, 그 길을 이용하는 사람들도 어마어마하게 많았다. 독일의 한 교수님과 식사를 하면서 이와 관련된 이야기를 나눴다. 자전거 이용자를 늘리기 위한 다양한 정책이 있었는데, 자전거 운전자도 음주운전 단속을 하지만 헬멧 착용을 의무화하지는 않는다는 게 흥미로웠다. 음주운전은 자신만 위험에 빠뜨리는 게 아니라 타인도 위험하게 하기에, 혹시 그로 인해 자전거 이용이 줄어들지라도 단속을 한다는 것. 하지만 헬멧 착용을 의무화하면 그게 귀찮아서 자전거를 오히려 덜 탈 수도 있기 때문에, 제안은 있었지만 시행하지는 않는다는 것. (헬멧 미착용은 적어도 다른 사람을 위험하게 만들지는 않으니까, 개인의 선택에 맡기는 듯했다.)

특히 놀라운 것은 자전거를 음주운전하다 적발되었을 때의 제재였다. 그건 다름 아닌 자동차 운전면허의 정지나 취소였다. 자전거는 원래 면허가 필요 없으니, 과태료나 벌금만으로는 부족하다고 생각한 결과일 것이다. 혈중 알코올 농도가 같으면 자동차 음주운전과 자전거 음주운전을 똑같이 처벌하는 독일의 제도. 우리도 도입할 필요가 있을까? (술 마시면 자동차는 물론 자전거도 못 타는데, 신기하게 대리운전 제도는 없다. 적당히 마시고 대중교통 이용해서 일찍 집에 가라는 뜻이겠지. 술은 집에서 마시라거나.)

짧은 여행 중에 그 나라의 독특한 시스템을 제대로 파악하기는 쉽지 않다. 뭔가 특이한 점을 알게 된다고 해도 그 연원을 깊이 이해하는 건 또 다른 문제다. 그러니 여행 전후에 여행지에 관한 책을 읽거나 여행 중에 그들이 사는 방식을 유심히 살펴보는 것은 그런 맥락을 이해하는 데, 나아가 우리 생활에 필요한 교훈이나 아이디어를 얻는 데, 그리고 자신이 아는 것이 전부라 생각하며 쓸데없이 우기거나 타인에게 간섭하는 행위를 줄이는 데 확실히 도움이 된다. 여행자는 호기심이 많고 고집은 적어야 한다.

호기심은 새로운 것에 대한 관심이다. 호기심이 없는 사람은 없고 호기심이 크게 발동하는 분야는 각기 다르지만, 호기심의 총량에는 확실히 개인차가 있다. 과도한 호기심은 오히려 해로울 때도 있지만, 적당한 수준의 호기심은 생활의 재미를 더해주고 발전의 원동력이 된다고 생각한다. 그런 면에서 조금은 아쉬운 것이 '실시간 급상승 검색어'에 쏠리는 관심이다. 이건 근본적으로 '타인의 관심사'이고 몰라도 대세에 전혀 지장이 없는 것들인데, 우리는 습관적으로 이걸 클릭하고 적지 않은 시간을 빼앗긴다. 나도 흔히 그 유혹에 넘어가지만, 그럴 때마다 네이버나 다음에서 이런 서비스는 안 했으면 좋겠다고 생각하곤 한다.

　심리학이나 정신의학에서 사람의 기질을 나눌 때 쓰는 용어 중에 '자극추구novelty seeking'와 '위험회피harm avoidance'라는 게 있다. 새로운 것을 추구하는 성향이나 위험을 피하려는 성향이 사람마다 다르다는 거다. 꼭 그런 것은 아니지만, 대체로 자극추구 성향이 높으면 위험회피 성향은 낮고, 위험회피 성향이 높으면 자극추구 성향은 낮은 편이다. (새로운 것은 일반적으로 위험하다?)

　나는 자극추구 성향은 엄청나게 높고, 위험회피 성향도 제법 높은 편이다. 그래서 여행을 좋아하고 새로운 것도 좋아하지만, 일반적으로 위험하다고 알려진 활동들에는 도전하지 못한다. 게다가 수영도 못하고 균형감각도 부족하고 근력도 약하기 때문에, 내가 여행 중에 하는 가장 위험한(?) 활동이라고 해봐야 집라인 타기 수준이다. (아니다. 일본에서 운전하는 게 더 위험한 행동인 것 같기도 하다.) 아쉽기는 하지만, 이렇게 태어난 걸 어쩌랴.

　호기심이 많은 사람의 숙명인 건지 아니면 단순히 나의 뇌에 문제가 있는 것인지는 모르겠지만, 나는 기억력이 나쁜 편이다. 학생 때부터 암기과목을 싫어했고, 책을 읽어도 줄거리를 금세 까먹는다. 명색이 책 팟캐스트 진행자이지만, 내가 줄거리를 온전히 말할 수 있는 장편소설은 거의 없다. (신기하게도 도시 이름, 거리 이름, 레스토랑 이름은 선택적으로 기억을 잘한다.)

　여행의 가장 좋은 점이 추억 만들기라는 측면에서, 나쁜 기억력은 치명적인 단점일 수 있다. 기억력이 특별히 나쁘지 않아도, 세월이 흐르고 여행의 이력이 늘어나면서 과거의 추억들은 점점 희미해지고 뒤섞인다. 그래서 필요한 것이 기록이다. 사진만으로는 부족하다. 텍스트로 된 기록을 남겨놓아야 언젠가의 여행이 문득 떠올랐을 때 그 여정을 생생하게 되살릴 수 있고, 요즘같이 힘든 시절엔 여행 못 가서 생긴 코로나 우울증의 치료제로도 활용할 수 있다.

　여행의 기록에 특별한 노하우는 없다. 평소 잘 쓰지 않는 일기를 여행 중에만 쓴다고 생각하면 된다. 자기 성찰, 그런 거 없어도 된다. 하루 종일 어떻게 이동하고 어디를 가고 어디에서 뭘 먹었는지, 어디에서 무슨 물건을 사고 돈은 얼마나 썼는지, 이런 것들만 기록해도 충분하다. 비행기에서 읽은 책 제목이나 운전하며 들은 음반 제목도 좋다. 방문했던 장소가 왜 좋았고 왜 별로였는지도 좋다. 여행 중에는 노느라 바빠서 기록을 못 했다면, 돌아온 직후에 해도 된다. 잊어버리기 전에. 이런 기록들을 대충이나마 남긴 다음, 여행 전에 작성했던 간략한 일정표와 함께 파일로 저장해둔다면, 무엇과도 바꿀 수 없는 소중한 여행 기념품이 된다.

15.   자본주의
전시장

여행준비를 할 때는 당연히 인터넷 검색을 많이 하게 된다. 도시 이름과 함께 입력하는 단어들로는 관광, 맛집, 호텔, 미술관 등이 있을 텐데, 나는 거기에 더해 이런 단어들을 꼭 입력해본다. 새로운 명소, 새로운 명물, 새로운 랜드마크, 개관, 개장 등등.

오래된 것보다는 새로운 것을 좋아하는 나의 취향 때문이다. 평범한 가이드북부터 테마가 있는 특이한 책들까지 두루 살펴보지만, 어떤 책에도 미처 반영되지 않은 새로운 장소들은 언제나 있기 마련이다. 서울만 해도 근사한 곳들이 끊임없이 생기지 않나. 다른 나라 대도시들도 마찬가지다.

오래전 독일 여행을 준비하던 때였다. 열심히 검색을 하다가 뮌헨에 새로운 명소가 생긴다는 뉴스를 발견했다. 'BMW 벨트

Welt'라는 게 곧 문을 연다는 소식이었다. (독일어 Welt는 영어의 World에 해당된다.) 내가 독일에 도착하기 몇 주 전이었다. 어머, 여긴 꼭 가야 해. 그다지 근사해 보이지 않아도 막 문을 연 곳이라면 가볼 마음이 들었을 텐데, 기사를 읽어보니 여기야말로 내가 무척이나 즐거워할 장소임이 분명했다. 당연히 여행 일정에 포함시켰다.

BMW 벨트는 BMW가 본사 건물 바로 옆에 만든 신차 출고 센터 겸 전시 공간이다. 1973년에 준공되어 흔히 '4 실린더 빌딩'으로 불리는 BMW 본사 건물도 원래 어느 정도는 유명한 곳이었다. 자동차 회사의 정체성을 잘 드러낸 특이한 외형 때문이기도 하고, BMW의 과거를 보여주는 박물관도 함께 있었기 때문이다. 하지만 그곳은 본격적인 관광 명소가 아니었다.

반면 BMW 벨트는 차원이 달랐다. 일단 건축물 자체가 하나의 예술작품이라고 할 정도로 독특했고, BMW의 기술과 서비스를 체험할 수 있는 전시장도 재미있게 잘 꾸며져 있었다. 특히 인상적인 공간은 수많은 옵션을 조합하여 세상에 하나뿐인 나만의 자동차를 (상상으로나마) 만들어보는 곳이었다. 시트, 대시보드, 스티어링 휠, 기어 스틱 등등 거의 모든 부분에 수많은 선택지가 있었다. 각각 최소 열 가지, 많으면 수십 가지를 고를 수 있으니, 거의 무한대의 조합이 가능했다. 주변을 돌아보니 다 큰 어른들이 마치

대형 장난감 매장에 들어온 아이들처럼 눈을 반짝이고 있었다. 실제로 신차를 인도받아 나선형 트랙에서 시운전을 하는 사람들을 부러운 눈빛으로 바라보기도 하고.

이곳은 지금 연간 수백만 명이 방문하는 명소가 됐다. 유명 관광지가 별로 없는 뮌헨을 먹여 살리는 두 곳 중 하나라는 말도 나온다. (다른 하나는 전 세계에서 가장 유명한 축구장 중 하나인 알리안츠 아레나다.) 이곳에 와서 BMW 차량을 인도받은 다음 몇 주 동안 그 차를 몰고 여행을 다닌 후 배에 실어 보내고 자신은 비행기로 돌아가는 외국인도 적지 않다고 한다.

다른 자동차 회사는 이런 시설을 안 가지고 있을까? 그럴 리가 있나. 나는 아직 못 가봤지만, 메르세데스 벤츠의 고향 슈투트가르트에는 벤츠 박물관이 있고, 폴크스바겐 본사가 있는 볼프스부르크에도 자동차 테마파크가 있다. 현대자동차가 서울 삼성동에 새로 지으려 하는 사옥에도 이런 종류의 공간이 포함될 것으로 알려져 있다.

자동차 회사만 이런 게 아니다. 크고 작은 수많은 기업이 다양한 종류의 박물관을 운영하고, 공장 투어나 관련 체험을 함께 할 수 있는 곳도 많다. 그리 비싼 물건이 아니라면, 방문 기념으로 여러 제품을 구입할 수도 있다. 물론 홍보 목적으로 만든 곳일 테고, 결국 더 많은 돈을 벌기 위한 마케팅 수단이라 볼 수 있지만, 여행자에게 색다른 추억을 만들어주는 고마운 장소도 많다.

내가 가본 곳들 중에서 가장 기억에 남는 기업 박물관은 '깃코망'이 만든 간장 박물관이다. 도쿄에서 자동차로 1시간 떨어진 노다시에 있는 이곳은 간장이 어떻게 만들어지는지 잘 알 수 있고, 간장 관련 제품도 실컷 구경하고 맛볼 수 있는 곳이다. 외국인 친화적이라고 할 수는 없지만, 입장료도 없고 투어를 마치고 나면 선물도 준다(물론 간장이다). 입장 인원이 제한되어 있어 반드시 홈페이지에서 예약을 하고 가야 한다. 아이들과 함께 가면 더욱 즐거운 곳이다.

내가 요리도 좀 하는 사람이라서 간장 박물관이 더 흥미로웠던 것 같은데, 같은 이유로 가고시마현에 있는 흑초 박물관도 즐거웠다. 기리시마라는 동네에는 전통적인 방식으로 흑초를 만드는 양조장이 여럿 있는데, 그중 '사카모토'가 가장 잘 꾸며진 곳인 듯했다. 수만 개의 항아리도 장관이었고, 흑초 공장 견학도 재미있었다. 역시 입장료는 없지만, 이것저것 사느라 지갑은 자연스럽게 열린다.

하코네 근처에 있는 '스즈히로 가마보코 박물관'도 추천할 만하다. 일본의 유명 어묵 회사가 운영하는 곳인데, 어묵이 만들어지는 과정을 볼 수도 있고 안내에 따라 직접 만들어볼 수도 있다. 아이들이 특히 즐거워하고, 나처럼 철이 좀 덜 든 어른들도 즐거워한다. 과학관 비슷하게 꾸며진 곳도 있고, 어마어마하게 큰 가게도 당연히 있다. (방문 기념으로 몇 가지 제품을 먹어보기도 했는데, 우리 입맛에 잘 맞지 않는 것도 많다.)

프랑스 남부 그라스는 향수로 유명한 도시다. 파트리크 쥐스킨트의 소설 『향수』의 배경이 바로 여기다. 이곳에 가면 향수 공장이 여럿 있는데, 그중에서도 '프라고나르Fragonard'라는 회사가 운영하는 곳이 방문할 가치가 있다. 예쁘고 향기로운 곳이다. 간장 박물관은 도착하기 10여 분 전부터 온 동네에서 간장 냄새가 나는데, 그라스는 도시 전체에 향기가 퍼져 있다. 여기도 입장료는 없지만, 워낙 다양한 제품을 싸게 팔고 있어서 돈을 쓰지 않을 도리가 없다.

스위스를 여행할 계획이 있다면, 에멘탈 치즈 공장도 추천한다. 내가 간 데는 베른 교외에 있는 '에멘탈러Emmentaler Schaukäserei'라는 곳이었는데, 다양한 종류의 에멘탈 치즈를 맛볼 수 있고, 치즈 공장의 과거와 현재를 모두 견학할 수 있다. 숙성 기간에 따라 치즈 맛이 얼마나 달라지는지 시식만으로도 확인할 수 있다. 레스토랑도 있는데, 거의 모든 음식에는 당연히 에멘탈 치즈가 잔뜩 들어 있다. (이 동네 이름이 '에메Emme'이며, 에멘탈이라는 단어는 '에메 계곡'이라는 뜻이다.) 이 레스토랑에서 한 끼를 먹으면 아주 특별한 추억을 만들 수 있다. 밥 먹으면서 끊임없이 파리를 쫓아야 하기 때문. 치즈 공장 주변은 수많은 소가 어슬렁거리는 너른 풀밭이고, 그래서 파리가 많다. 실내에서 먹어도 파리가 많고 야외에서 먹어도 똑같이 파리가 많다. 썩 유쾌하지 않을 수도 있는데, 이 동네 사람들은 별로 개의치 않는 듯했다.

사실 기업 박물관은 전 세계에 정말 많다. 우리나라에도 상당히 많은 기업 박물관이 있다. 오로지 그곳에 가기 위해 여행을 떠날 만큼 훌륭한 곳이 있느냐고 묻는다면, 선뜻 그렇다고 답하기는 어렵다. 물론 관련 분야 종사자가 뭔가를 배우기 위해 출장을 갈 수는 있겠지만, 보통 사람들이 군이 시간과 돈을 투자해 일부러 찾아갈 만한 장소는 없다고 생각한다.

하지만 어딘가 목적지가 정해졌을 때, 그 주변에 어떤 기업 박물관이 있는지 살펴보는 것은 충분히 해볼 만한 일이다. 볼거리도 많고 생각할 거리도 많기 때문이다. (물론 몹시 실망스러운 기업 박물관도 많다. 충성 고객이 아니라 안티를 양산하는.)

기업 박물관이 만들어지려면 일단 오랜 역사를 지녀야 하고, 그 기간 동안 망하지 않고 버틸 만큼의 경쟁력도 있어야 한다. 적지 않은 자금을 투입하여 박물관을 설립하고 운영할 만큼 잘 되는 회사라야 한다. 내가 기업 박물관을 좋아하는 이유는, 그곳에 가면 그 일에 인생을 바친 수많은 사람의 노력을 간접적으로 느낄 수 있기 때문이다. 어떻게 하면 더 좋은 물건을 만들 수 있을지를 늘 고민하며 새로운 시도를 하고, 실패를 거듭한 끝에 명품을 만들어내며, 거기서 멈추지 않고 다시 "이게 최선입니까?"라는 질문을 던졌던 평범한 사람들의 노력이 축적된 결과가 그 기업의 오늘이기 때문이다.

100년 이상 유지되는 기업이 하나 있으려면 보이지 않는 곳에서 최선을 다한 '생활의 달인'이 수백, 수천 명은 필요할 것이다. 모든 것이 지금과는 달랐던 그 옛날에, 과학과 기술이 훨씬 덜 발달했던 그 옛날에, 세상 만물이 돌아가는 이치는 몰라도 내가 만드는 이 물건에 대해서만큼은 누구보다 더 깊이 이해하고야 말겠다고 다짐했던 사람들이 백년기업의 초창기 구성원들이 아닐까.

우리가 여행을 떠나는 목적이 인생의 교훈을 얻기 위해서는 아닐지 모른다. 하지만 '감동'은 분명 여행의 주요 목적 중 하나다. 유명하고 거대한 미술관이나 작고 소박한 기업 박물관이나, 한 가지 분야에서 일가를 이룬 사람들의 성취를 목격하고 그 성취를 이루기 위해 그들이 쏟았을 피와 땀과 눈물을 상상하며 감동할 수 있다는 점은 똑같다. 우리가 「생활의 달인」을 보면서 가끔 감동하는 것과 같은 이치다. 나는 내가 하는 일에 있어서, "이게 최선입니까?"라는 질문을 스스로 몇 번이나 던졌던가. (여행준비 할 때 빼고는 내가 이런 질문을 나에게 던지는 경우는 별로 없는 듯하다. 글 쓸 때 가끔?)

좋은 기업 박물관은 심지어 교훈도 준다. 그 기업의 역사를 들여다보면 반드시 성공의 계기가 있고 좌절의 순간이 있고 위기 극복의 노하우가 있으며 현재진행형인 혁신의 노력이 있다. 기막힌 발상의 전환도 있고, 우연한 발견을 허투루 지나치지 않고 발전의 계기로 삼은 눈썰미도 있으며, 더 좋은 물건을 만들고 더 많은 고객의 마음을 사로잡기 위해 '이렇게까지 해봤다'는 집념이 있다. 우리 대부분도 결국 뭔가를 팔기 위해 일하는 셈인데, 혹시 모르지 않나. 기업 박물관을 돌아보다 우리 업무에 도움이 되는 인사이트를 하나 얻게 될지도.

나는 좋은 물건은 거의 예술품이라고 생각한다. 흔히 '명품'이라고 하면 엄청나게 비싼 물건들을 가리키지만, 그리 비싸지 않아서 마음만 먹으면(혹은 발품만 팔면) 누구나 구할 수 있는 물건들 중에도 우리가 '명품'이라 불러 마땅한, 그걸 만든 사람을 '장인'이라 불러 마땅한 물건은 적지 않다. 그런 면에서 사진작가 윤광준이 쓴 '생활명품' 시리즈는 정말 훌륭한 책이라고 생각한다. 그 책에 등장하는 명품을 만드는 회사들이 운영하는 기업 박물관이라면, 한번쯤 찾아가보고 싶은 마음이 든다.

기업 박물관 방문은 추억을 떠올리고 새로운 추억을 만드는 데도 도움이 된다. 우리에게 익숙한 제품을 만드는 기업의 박물관에 가면, 우리가 오래전에 구매하고 이용했던 그 물건이 있고 그 포장지가 있고 그 광고가 있다. 그래, 내가 어릴 때 이런 걸 사 먹었지. 그래, 아버지가 어느 날 나에게 저걸 사다주셨지. 그래, 그땐 그랬지.

그곳에서 뭔가를 사오면 그게 또 추억이 된다. 에멘탈 치즈나 깃코망 간장은 우리 동네 백화점에서도 살 수 있고, 프라고나르 향수나 가고시마 흑초도 인터넷에서 주문하면 구입할 수 있지만, 그곳에서 직접 사서 들고 온 제품을 집에 와서 먹고 마시고 사용하는 동안 그 여행의 여운은 계속 남는다. (물론 그곳에 있던 모든 물건이 우리나라 백화점에 있지는 않다.) 한참이 지난 후에도 그 여행의 기억을 떠올리는 역할을 한다. 나는 스위스에 다녀온 지 몇 년이 지났지만, 지금도 백화점 치즈 코너에만 가면 자연스럽게 에멘탈 치즈가 눈에 들어오고, 파리를 쫓으며 먹었던 '에멘탈 치즈 범벅 파스타'가 떠오른다. 치즈는 스위스지.

16. 독서,
최고의 여행준비

우리 집엔 '책 방'이 있다. 책방이라고 붙여 쓰면 서점이라는 뜻이 되니 띄어 쓰는 게 맞다. 서재라고 부를 수도 없다. 그 방에서 책을 읽거나 글을 쓰는 경우가 거의 없기 때문이다. 책은 소파에서 나쁜 자세로 읽고, 글은 주로 회사에서 (업무 관련 글은 낮에, 아닌 글은 밤이나 주말에) 쓴다. 그곳은 그냥 책이 있는 방이고, 그 방의 주인은 책이다. 긴 벽면 양쪽 모두를 차지한 책꽂이에 책이 가득 꽂혀 있고, 그중 절반쯤은 이중으로 꽂혀 있다. (전자책이 있어서 그나마 다행이다.)

다 읽은 건 아니다. 읽다 만 책도 적지 않다. 소설은 100쪽, 비소설은 50쪽 정도 읽었는데도 영 아니다 싶으면 손절한다. 전혀 안 읽은 책도 꽤 있다. 책 사는 걸 책 읽는 것 못지않게 좋아해서 그렇게 됐다. 인테리어 방법 중에서는 그래도 저렴한 편이다.

나의 책장은 일곱 개의 카테고리로 나뉘어 있다. 한국 문학, 한국 비문학, 외국 문학, 외국 비문학, 전공 서적, 전공 서적 외 원서(안 읽은 비율이 가장 높다), 그리고 여행 관련 책. 일곱 가지 분류 중에서 가장 적은 수이긴 하나, 여행 관련 책은 당당히 한 섹션을 차지하고 있다. 못해도 100권은 훌쩍 넘는다.

어떤 국가나 도시에 대한 평범한 가이드북이 절반쯤 되고, 나머지 절반은 특정한 주제가 있는, 넓은 의미의 여행 에세이 혹은 실용서다. 일부만 소개하자면, 『유럽 축구 기행』, 『사누키 우동 순례 109』, 『예술의 섬 나오시마』, 『맛있게 읽자, 세계의 메뉴판』, 『유럽 음악축제 순례기』, 『프랑스 뒷골목 엿보기』, 『자동차로 떠나는 발칸반도 여행』, 『신의 고향 하와이』, 『입 짧은 여행작가의 방콕 한 끼』, 『접시에 뉴욕을 담다』, 『겨울왕국 노르웨이를 가다』, 『지구 반대편을 여행하는 법』, 『퇴사 준비생의 도쿄』, 『퇴사 준비생의 런던』, 『세상의 모든 고독 아이슬란드』, 『일본 소도시 여행』(송동근), 『홋카이도 보통열차』, 『코펜하겐에서의 일주일』(「동백꽃 필 무렵」에서 향미의 방에 굴러다니던 책이다), 『지리학자의 인문 여행』, 『어슬렁어슬렁 여행 드로잉』, 『음식으로 본 서양문화』, 『내가 사랑한 세계 현대미술관 60』, 『김석철의 세계건축기행』, 그리고 내가 가장 사랑하는 여행 에세이인 박완서 선생님의 『잃어버린 여행가

방』등이 있다. 가이드북이 기본편이라면, 테마가 있는 여행 책들은 심화편이다. 아, 그리고 일본어, 스페인어, 프랑스어, 독일어, 이탈리아어 등 여러 언어의 '첫걸음' 회화 책들도 있다.

구매 동기는 두 가지. 하나는 구체적인 여행 계획을 세우는 데 도움을 얻기 위해서고, 다른 하나는 '언젠가' 갈지도 모르는 곳에 대한 기초적인 정보를 수집하기 위해서다. 후자에 해당되는 구매가 일어나는 순간은 주로 우울할 때, 시간이 남아돌아 서점을 배회할 때, 여행에서 방금 돌아왔을 때(성실함 보소. 다른 일에도 이렇게 성실하면 좋으련만), 그리고 무료 주차 혜택을 위해 무슨 책이라도 사야 할 때다.

이런 책들을 읽는 건 물론 좋은 여행준비다. 하지만 더 좋은 여행준비는 여행과 관련 없는 책을 평소에 많이 읽는 것이다. 책을 읽다보면 가고 싶은 곳이 생기고, 그런 마음이 오래도록 진하게 쌓여 있는 곳에 가면 더 즐겁다. 뭐든 간절히 원하는 것을 얻었을 때 더 기쁜 법이니까.

가령 지리학자 출신의 프랑스 소설가 미셸 뷔시의 작품들은 흔히 특정 지역을 배경으로 삼고, 지역 관련 묘사가 풍부하다. 『내 손 놓지 마』는 어느 부부가 아름다운 섬에서 휴가를 즐기던 중 갑자가 아내가 사라지고, 살인범으로 지목된 남편이 아이를 데리고 도주하는 게 설정이다. (끝내주게 재미있다.) 이 섬은 서인도양에 위치한 프랑스 영토 레위니옹이다. 여행준비가 취미인 나도 존재조차 몰랐던 섬인데, 찾아보니 유럽 사람들에게 인기 있는 휴양지다. 파리에서 직항이 있는데, 무려 11시간이나 걸린다. 그럼에도 불구하고 '국내선'이라, 잘 찾으면 왕복 항공료 500달러 미만에 구할 수 있다! 세계에서 가장 긴 국내선 노선이라나. 이 책을 읽는 며칠 동안은 레위니옹섬 곳곳을 여행하는 기분을 느끼게 되고, 읽다보면 점점 더 가고 싶어진다. 책이 재미있을수록 더욱.

같은 작가의 『검은 수련』은 모네의 정원으로 유명한 지베르니가 배경이다. 하나의 살인 사건과 세 여자의 이야기가 펼쳐지는데, 모네와 그의 그림이 매우 중요한 모티프로 활용된다. 파리 근교에 있는 지베르니의 존재는 알고 있었으나 방문하고 싶은 마음이 별로 없었는데, 이 책을 읽는 바람에 '가고 싶은 곳' 목록에 올랐다. 『엄마가 틀렸어』라는 그의 소설도 상당히 재미있는데, 이 책은 작가의 고향인 노르망디 지방이 배경이다. 이 책을 읽으면 르아브르와 도빌에 가고 싶어지고, 말미에 등장하는 요상한 장소가 혹시 실제로 존재하는 곳은 아닌지 궁금해진다. 찾아보니 진짜 있다. 사진도 있다. 그리 유명하지 않은 특이한 장소 하나를 이렇게 멋진 소설에 녹여내는 작가의 상상력에 경의를 표하게 된다.

내가 책을 읽으면서 막연히 동경해온 장소 중에는 미국 메인주가 있다. 몇 안 되는 메인주 출신의 유명인인 스티븐 킹의 소설에

무수히 등장하기 때문이다. 메인 출신은 아니지만 그곳에서 대학을 다닌 더글러스 케네디의 소설에도 자주 등장한다. 그 외에도 여러 작품에서 메인주는 미국 동부 사람들이 여름휴가를 보내러, 이별의 아픔을 달래러, 무언가에 쫓겨서, 조용히 글을 쓰러, 혹은 랍스터를 먹으러 방문하는 곳이다. 소설 속에서 메인주는 대체로 한적하고 쓸쓸하며(스티븐 킹의 소설에서는 피도 흐른다), 사람들은 순박하고 친절하다.

유명한 관광지는 별로 없지만, 바로 그런 한가함을 즐기기 위해 한번쯤은 가보고 싶다. 하루 이틀 머무는 것이 아니라 최소 일주일 정도는. 미국 랍스터의 대부분이 메인주에서 잡히고, 미국 블루베리의 대부분이 메인주에서 생산된다고 하니, 그곳에 가면 그 귀한 랍스터와 블루베리를 원 없이 먹을 수 있겠지?

내가 발굴(?)해서 팟캐스트 'YG와 JYP의 책걸상'에서 소개한 작가 중에 개브리얼 제빈이 있다. 『섬에 있는 서점』과 『비바, 제인』 두 권 다 최고다. 책걸상 출연진 네 사람(나, 강양구, 김혼비, 박혜진)이 두 권 중에 어느 책이 더 훌륭한가에 대해 토론한 적이 있는데, 세상에서 가장 어려운 질문을 받은 듯 괴로워하다가 결국 결론을 못 냈다. 『섬에 있는 서점』의 배경은 가상의 공간이지만, 『비바, 제인』은 메인주가 주요 배경이다. 심지어 제3장의 제목이 '메인주에 관한 열세 가지, 아니 몇 가지 재미있는 사실'이다.

이렇게 여러 권의 책에서 메인주를 접하다보니, 가고 싶은 마음이 점점 더 커졌다. 언젠가는 꼭 가리라. (사실 메인주에서 가장 큰 도시인 포틀랜드 인근 바닷가에 있는 호텔도 하나 골라놓았다.)

역시 '책걸상'에서 소개한 놀라운 소설 『가재가 노래하는 곳』은 노스캐롤라이나주의 습지가 배경이다. 평생 야생동물을 연구해온 생태학자 델리아 오언스가 일흔 살 가까운 나이에 펴낸 첫 소설인데, 출간 2년 만에 700만 권 이상 팔린 슈퍼 베스트셀러다. (저자 외에는 세상의 그 누구도 쓸 수 없을 것 같은 특별한 소설이다.) 원래 나는 '대자연'에 큰 관심이 없는 편이지만, '서정적인 로맨틱 스릴러'를 감탄하며 읽는 바람에, 소설의 주인공 카야처럼 배를 타고 그곳 습지를 한번 둘러보고 싶은 마음이 생기고 말았다.

별로 읽고 싶지 않았지만 '책걸상' 방송 때문에 할 수 없이 읽었던 책 중에 미우라 시온의 소설 『사랑 없는 세계』가 있다. 요리에 빠진 남자와 식물에 빠진 여자의 밋밋하지만 특별한 로맨스. 과학 전공자가 아닌 작가가 이런 소설을 쓸 수 있다는 점에 놀라면서, 그러나 약간은 지루해하며 읽던 중, 후반부에 갑자기 이리오모테 국립공원이 등장한다. 아, 여기.

오키나와는 다들 잘 알고 많이 방문하지만, 그 아래에 있는 여러 개의 작은 섬들까지 관심을 갖는 사람은 별로 없다. 대도시를 좋아하지만 동시에 작은 섬이나 '세상의 끝' 분위기의 외딴곳 방문도 좋아하는 나는 이곳 섬들에 무엇이 있는지 한참을 찾아본 적이 있다.

나하 공항에서 비행기를 타고 1시간을 가면 이시가키라는 섬이 있다. 맛있는 소고기로 유명한 섬. 야마모토라는 야키니쿠 집이 특히 유명하다. 거기서 배를 타고 15분을 가면 훨씬 작은 다케토미섬이 있고, 거기엔 늘 가고 싶어하지만 한 번도 못 가본 호시노야 리조트가 있다. 이시가키섬에서 배로 1시간을 가면 이리오모테 국립공원이 있다. 일본의 갈라파고스라 불리는, 천연기념물과 희귀 동식물의 보고. 『사랑 없는 세계』에서는 식물학자가 연구를 위해 방문하는 곳으로 등장한다.

여기서 끝이 아니다. 이시가키에서 배를 타고 4시간을 더 가면, 요나구니라는 작은 섬이 있다. 일본의 최서단. 비행기로 갈 수도 있다. 나하에서는 1시간 20분, 이시가키에서는 30분 거리다. 이 섬은 1986년에 우연히 발견된 해저 지형 때문에 유명해진 곳이다. 인공적으로 만든 것인지 자연적으로 생성된 것인지 아직 규명되지 않은 매우 이상한 형상들이 수심 3미터에서 25미터 사이에 퍼져 있다. 사진을 봐서는 도저히 자연적으로 만들어지기 어려워 보이는데, 누가 언제 어떻게 만들었는지, 이게 어떻게 바닷속에 있는지는 아무도 모른다. 다이빙이 가능하면 직접 들어가서 볼 수 있고, 나처럼 수영도 못하는 사람들은 글라스보트나 반잠수정을 타고 둘러볼 수 있다. 가깝지만 먼 곳. 여기도 언젠가 가볼 수 있을까?

독일 작가인데 주로 영국을 배경으로 소설을 쓰는 샤를로테 링크의 『폭스 밸리』를 읽으면 영국 웨일스 지방의 펨브로크셔 해안 국립공원에 가고 싶어진다. 스완지에서 자동차로 1시간 반 거리라, 기성용 선수가 스완지시티에서 뛸 때는 스완지에서 축구를 보고 절경으로 유명한 웨일스 해안을 드라이브하는 여행 계획을 세우기도 했지만, 실행에 옮기지는 못했다.

'퓰리처상 픽션 부문 사상 가장 과감한 선택'이라는 말에 넘어가서 읽은, 앤드루 숀 그리어의 소설 『레스』도 빼놓을 수 없다. 2018년에 퓰리처상을 받았다는데, 다른 건 몰라도 여행 욕구를 불러일으키는 효과는 확실하다. 이 소설은 50세 생일을 앞둔 게이 작가 레스가 청첩장을 받으면서 시작된다. 9년간 연인이었던 전 남자친구가, 다른 사람과 결혼한다면서 보내온 것이다. 결혼식에 가기는 싫은데 거절하는 것도 곤란했던 레스는 불참 핑계를 만들기 위해 그간 쭉 거절해왔던 외국의 문학 행사 참가나 탐방 원고 청탁을 전부 수락한다. 그러고는 샌프란시스코에서 출발해 멕시코, 이탈리아, 독일, 프랑스, 모로코, 인도, 일본을 연이어 방문한다. 뭔가를 잊기 위해 떠나는 긴 여행. 내가 가본 나라에 대한 묘

사는 공감하며 읽었고, 내가 못 가본 나라에 대한 묘사는 동경하며 읽었다. 아, 가야 할 곳이 이렇게 많은데, 내가 모로코까지 가야하나, 뭐 이런 생각을 하면서. 『읽을 것들은 이토록 쌓여가고』라는 책도 있지만, 가야 할 곳들도 이토록 쌓여만 간다.

평소의 독서가 여행준비의 밑거름이 되는 것과는 별개로, 여행 중의 독서도 색다른 맛이 있다. 여행 중에 책을 읽는다고? 왜 굳이? 이렇게 반문하는 분들이 계시겠지만, 여행 기간은 책 읽기에도 좋은 시기다. 평소에 (읽고는 싶은데) '시간이 없어서' 책을 못 읽는다는 분들의 경우, 여행 기간에는 시간이 평소보다 많지 않나. 최소한 비행기나 기차를 타고 이동하는 중에라도 책 읽을 시간은 있다. 여행 중에는 여행을 해야 해서 책 읽을 시간이 없다고 하신다면, 그런 분은 시간을 못 내는 것이 아니라 안 내는 게 아닐까.

평소에 책을 많이 읽는 분들이야 원래 독서를 좋아하니, 즐거운 여행 중에도 평소처럼 재미있는 책을 읽으면 된다. 주변의 애서가들에게 휴가 때는 어떤 책을 읽느냐고 물어보면, 대체로 두 가지 중 하나더라. 평소엔 바빠서 못 읽었던 진지한 '벽돌책'에 도전해보겠다거나, 아무 생각 없이 빠져들 수 있는 소위 '페이지 터너'를 읽겠다거나.

여행 중에 읽을 책을 고르는 건 절대적으로 개인의 선택이지만,

내 경험에 의하면 여행지와 어떤 식으로든 관련 있는 책을 읽는 게 더 재미있다. 예를 들어 노르웨이에 간다고 하면, 그 나라를 대표하는 작가 요 네스뵈의 소설들을 읽는 식이다. 『스노우맨』을 비롯한 그의 작품들은 50여 개 언어로 번역되어 수천만 권이 팔렸을 정도이니 재미는 보장된다.

내가 노르웨이 여행을 갔을 때 들고 간 책은 『팬텀』이었다. 어느 날 밤 호텔 방에서 그 책을 읽고 있는데, 이런 대목이 나왔다. "오페라하우스 지붕이 곧장 바다로 빠지는 자리 있잖아요, 그쪽 해변으로 시신이 떠내려왔어요. 관광객이랑 애들이 다 있는 데서. 난리도 아니었어요." 소오름. 내가 그날 낮에 오페라하우스 구경 갔었는데. 내가 봤던 거기, 바다로 이어지는 그 경사로, 시체가 발견되기 딱 좋은 위치였지. 책을 좀더 읽다보니, 해리 홀레가 늘 그렇듯 개고생을 하다가 하룻밤 멀쩡한 호텔에 투숙해서 샤워를 하고 휴식을 취하는 대목이 나왔다. 또 소오름. 해리 홀레가 투숙한 그 호텔, 오슬로 중앙역 앞에 있는 래디슨 블루 플라자 오슬로. 내가 묵고 있는 호텔이 거기였다.

소설도 물론 좋지만 내가 방문하는 나라에 대한 다양한 정보를 알려주는 책들도 좋다. 우리가 북유럽 사회에 대해서 평소에 공부할 기회는 내기 어렵지만, 어쩌다 그곳을 방문할 기회가 생긴다면 마이클 부스의 『거의 완벽에 가까운 사람들』을 미리 읽어두면, 여행 중에 눈에 들어오는 것이 더 많아지고 그 결과 여행은 훨씬 더 풍성해진다.

외교관 출신의 우동집 사장님인 신상목의 『학교에서 가르쳐주지 않는 일본사』를 일본 여행 전이나 후에 읽으면, 아, 그게 다 역사적 맥락이 있구나, 하며 무릎을 탁 치게 된다. 이 책을 흥미롭게 읽은 사람이라면, 다음번 도쿄를 방문할 때 '에도도쿄박물관'이라는 곳에 가보기를 추천한다. 그 책의 실사판이 그곳에 구현되어 있다. (그나저나 한일 관계는 언제쯤 회복되려나.)

독서와 여행준비는 좋은 짝이다. 둘 다 좋은 취미지만, 두 가지를 다 좋아하면 확실한 시너지가 생긴다. 목적지가 정해졌을 때, 조금만 검색해보면 그곳과 관련된 책들을 찾는 건 어렵지 않다. 책값 몇만 원을 미리 쓰면, 여행이 최소 몇십만 원어치는 더 즐거워진다. 독서는 여행준비를 자극하고, 여행준비는 독서의 보람을 느끼게 해준다. 독서는 여행을 더 즐겁게 만들고, 여행은 독서를 더 즐겁게 만든다. 이런 게 바로 '선순환'의 좋은 예가 아닐까.

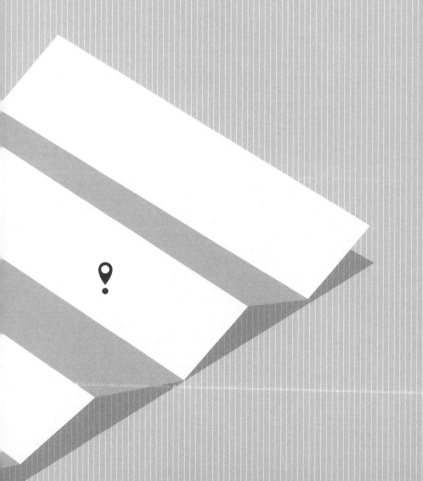

3부 몸은 못 떠나도
마음만은

17.   오키나와에서
        대리운전을

여행의 기본은 '이동'이다. 당연히 여행준비에서 가장 중요한 일 중 하나는 동선을 짜고 이동 방식을 정하는 것이다. 가장 어려우면서도 가장 재미있는 과정이다. 변수가 아주 많고, 사람에 따라 선호가 크게 다르기 때문이다.

구체적인 여행 계획이 전혀 없는데도 항공권 예약 사이트에서 여러 목적지를 입력해가며 '혼자 놀기'를 하는 사람이 나 혼자만은 아니리라. 여긴 직항이 있는지 없는지, 몇 시간이나 걸리는지, 없으면 어디를 경유하는 게 가장 좋은지, 거리에 비해 가격이 높은지 낮은지를 살피는 것만으로도 재미를 느끼는 사람들이 있다. 도착지와 출발지를 각기 다르게 설정하니 오히려 항공료가 낮아지는 경우를 찾아내고는 뭔가 대단한 발견이라도 한 양 기뻐하는 사람들도 있다. 한 번의 여행에 비행기를 일곱 번쯤 타는 어마어마한 계획을 세웠는데, 항공료 총액이 뉴욕 직항보다 저렴한 놀라운 상황에 직면하여 흥분을 느끼는 사람들도 있다. (그런 분들은 앞으로 '취미가 뭐냐'고 질문 받을 때, '여행준비'라고 대답하시면 되겠다.)

실제로 항공권을 사는 과정은 생각보다 단순하다. 시간이 아주 많거나 아무 때나 휴가를 쓸 수 있는 행복한 분들은 유난히 티켓 값이 싼 날에 여행을 떠나거나 출발 며칠 전에 특별히 싸게 파는 '땡처리' 항공권을 사면 된다. 하지만 대부분의 경우 여행 기간은 이미 정해져 있을 테니, 그저 출도착 시간과 가격 정도만 고려해 몇 안 되는 선택지 중에서 고르면 된다.

비행기보다 더 중요한 건 현지에서의 이동 방법이다. 교통수단은 아주 많지만 결국 둘 중 하나다. 운전을 할 것이냐, 말 것이냐. 나는 웬만하면 운전을 택한다. 단점보다 장점이 훨씬 많기 때문이다. 장점이야 굳이 나열할 필요가 없겠고, 단점이라고 해봐야 (운전자만) 조금 피곤할 수 있다거나 술을 마음대로 못 먹는다거나 주차 스트레스를 받는다는 것 정도? 아주 비싼 차를 빌리지 않는 이상 대중교통만 이용하는 것보다 특별히 돈이 더 들지도 않는다.

나는 유난히 여행지에서의 운전을 좋아한다. 풍광이 좋은 도로를 달리는 건 특히 좋아해서, 이름난 드라이브 코스를 달려보기 위해 전체 여행 일정을 대폭 조정하기도 한다. 비교적 장거리 운전도 마다하지 않고, 복잡하고 좁은 길에서도 스트레스를 받지 않는 편이다.

한 번의 여행에 여러 나라, 여러 도시를 짧게라도 보고 싶어하는 사람도 많다. 일주일 여행에 매일 숙소가 달라지는 강행군을 선호하는 사람들도 있다. 이런 분들은 패키지 여행을 선택하는 게 낫다. 하지만 스스로 일정을 짜는 개별 여행의 경우, 아무래도 패키지 여행보다는 느린 속도로 여행하는 것이 일반적이지 싶다. (패키지 여행과 비슷한 일정을 운전해서 다니는 건 하고 싶어도 못하지 않을까? 졸려서.) 빨리 가면 멀리 갈 수 있지만, 천천히 가야 자세히 볼 수 있다. 결국 자동차 여행의 최대 장점은 여행의 속도를 스스로 조절할 수 있다는 것이다.

내가 자동차 여행을 준비하는 과정은 이렇다. 주 목적지가 어떻게 정해졌느냐에 따라 첫 단계가 다르다. 지도에 별이 많이 찍혀 있기 때문에 목적지로 간택된 경우라면, 그 별들을 다시 살펴보고, 책꽂이에 있는 가이드북도 다시 펼쳐보고, 인터넷 검색도 추가로 하면서 더 많은 별을 찍는다. 학회나 출장 등의 이유로 목적지가 정해져서 그 주변에 별이 하나도 안 찍혀 있는 경우라면, 일단 서점에 가서 책들을 산다. 최소 두세 권은 산다. 그 책들을 훑어보면서 관심이 가는 곳들에 별을 찍는다. 별다방에서 별을 모아 매년 연말에 받긴 했으나 주로 커피 잔 받침으로만 쓰이던 다이어리가 이때 유용하게 쓰인다. 특히 관심이 많이 가는 곳들은 종이에도 메모를 해나간다.

그다음엔 별들을 이어야 한다. 갈등의 순간이 시작된다. 어떤 별들을 잇느냐에 따라 타원형이 그려질 수도 있고(이러면 숙소를 최소 세 군데쯤 찾아야 한다), 눈송이 모양이 그려질 수도 있다(이때는 숙소가 한두 곳이면 충분하다). 길쭉한 선이 하나 생기면 운전 거리가 너무 길어지거나 국내선 비행기를 한 번 타야 할 수도 있다. 정말 가고 싶은 곳이 두 군데 있는데 방향이 정반대라 둘 중 하나는 포기해야 하는 안타까운 순간도 생긴다. 평소에 버리기 연습을 통해 쌓은 내공을 발휘해 과감하게 버려야 한다.

덜 버리는 대신 운전을 더 하는 선택지도 물론 있다. 하지만 장소를 버리는 대신 시간을 버는 방법도 있다. 그러면 책 읽을 시간이 생기고 골목길을 산책할 시간이 생기며 마음에 드는 가게를 느긋하게 돌아볼 시간이 생기고 평소에 못 한 진지한 대화를 할 시간이 생긴다. 인생은 속도보다는 방향이라는 말도 있지 않나.

둘 다 가질 수는 없다. 무언가를 얻으려면 다른 무언가를 버려야 한다. 많이 본다고 많이 기억하는 건 아니다. 하나라도 더 보겠다고 일주일 동안 3000킬로미터를 운전한다면, 나중에 운전하느라 고생했던 기억만 남을지도 모른다. (뭐, 그것도 추억이라면 추억이니, 정 하고 싶으면 한번쯤은 해볼 수도 있겠다만.)

나는 대체로 하루 평균 이동 거리가 200킬로미터를 넘지 않도록, 가장 오래 운전하는 날도 400킬로미터 이상은 운전하지 않도록 일정을 짠다. 물론 이보다 훨씬 적게 움직이는 여행도 많다. 사람에 따라 다르겠지만, 나한테는 이 정도 호흡이 맞더라.

렌터카는 아주 평범한 걸로, 아주 큰 회사에서 빌린다. 혹시 무슨 문제가 생겼을 때 아무래도 대처가 잘 될 것으로 기대하기 때문인데, 다행히 아직 큰 사고가 발생한 적은 없다. 보험은 늘 고민이다. 처음에는 최대한 높은 수준으로 보장되는 보험을 들곤 했는데, 외국에서의 운전에 자신감이 붙은 다음엔 최소한의 보험만 가입한 채 잘 돌아다녔다. 그런데 까다로운 직원을 만나서 좀 억울하게 돈을 물어주는 경험을 두 번이나 하고 난 다음엔 다시 보장 수준을 높였다. 전에는 안 그랬는데, 요즘은 휠에 생긴 작은 흠집이나 눈에 잘 띄지도 않는 긁힌 자국으로 시비를 거는 직원들이 늘어난 것 같다. 갈수록 세상 인심이 야박해진다. 그리고 미국보다는 유럽이, 가난한 나라보다는 부자 나라가 반납할 때 좀더 깐깐하게 차를 체크한다고 느꼈다. 마음 편하게 다니려면 보험은 '자차'까지 가입하는 게 좋은 듯하다. (용어가 복잡하지만, 대부분 CDW까지 택하면 된다. 많은 회사에서 '싼 거'와 '비싼 거' 두 가지 옵션을 제시하니, 후자를 고르면 되겠다.)

외국에서의 운전을 결정적으로 쉽게 만든 건 내비게이션이다. 처음으로 외국에서 운전한 것은 이탈리아에서였는데, 그때만 해도 지도와 표지판에 의지해 길을 찾아야 했다. 로마에서 며칠 머문 다음 차를 빌려 나폴리에 가려는데, 미리 지도를 열심히 봐두었지만 고속도로 진입이 쉽지 않았다. 몇 바퀴를 돌며 헤매다가 결국 차를 세우고 다른 운전자에게 길을 물었다. 오십대로 보인 그는 영어를 거의 못하고 나는 이탈리아어를 거의 못했다. 한참을 설명하다 포기한 그는 결국 자기를 따라오라는 손짓을 했다. 그는 서행으로 3분쯤 주행한 다음 갈림길에서 비상등을 켜고 창밖으로 몸을 내밀어 한쪽 방향을 가리켰다. 그의 친절 덕분에 나는 나폴리와 소렌토를 거쳐 그 아름다운 아말피 해안까지 갈 수 있었다.

아말피는 참 아름다웠다. 해안의 공용 주차장에 차를 세운 후 마을을 산책하고 간단히 저녁 식사도 하고 기념품도 샀다. 그리고 차로 돌아오니, 알 수 없는 종이가 와이퍼에 끼워져 있었다. 주차 위반 딱지였다. 내가 이런 일이 생길까봐 그렇게나 열심히 이탈리아 주차 시스템을 공부했는데, 이건 뭐지 싶었다. 그곳은 선불식 무인 주차장. 미리 2시간 주차요금을 냈고 주차증도 잘 보이게 뒀는데, 내가 2시간 20분이 지나서 도착한 것이었다. 딱지를 끊은 시간은 불과 10여 분 전. 기분이 나쁜 것도 잠시, 앞으로 어떤 일이 벌어지는 건지 궁금했다.

난감한 표정을 짓고 있는 나에게 어떤 초로의 남자가 다가왔다. 뭐라고 길게 이야기를 하는데, 저기 파출소가 있으니 가서 말 좀 잘 해보라는 뜻인 듯했다. 밑져야 본전. 파출소를 찾아갔다. 퇴근 시간이 지난 파출소에는 어떤 할머니만이 자리를 지키고 있었다. 나는 주차증을 보여주며 영어로 몇 마디 말을 건넸다. 최대한 순진한 표정과 비굴한 태도로, 미안하다, 시스템을 잘 몰랐다, 지금이라도 주차 요금을 내겠다고 말했다. 할머니가 물었다. 투어리스트? 예스. 자포네? 코레아.

그다음부터는 잘 못 알아들었지만, 어쩔 수 없다는 말인 듯했다. 아, 렌터카 여행은 쉽지 않구나. 이미 벌어진 일이니 받아들이자. 이런 일로 여행 기분을 망칠 순 없다. 이런 생각을 하며, 범칙금을 내겠다고, 얼마 내면 되냐고 물었다. 그랬더니 거기서는 돈 안 받는단다. 그럼 어쩌라고? 할머니가 한참을 또 설명하는데, 무슨 말인지 도저히 알아들을 수가 없었다. 이를 어쩐다?

그때였다. 할머니가 파출소 저 안쪽을 잠시 살피더니 목소리를 낮추기 시작했다. 그러곤 거의 100퍼센트 보디랭귀지로 이런 이야기를 들려줬다. 너 관광객이잖아. 한국에서 왔댔지? 그냥 돌아가. 한참 있다가 집으로 돈 내라는 고지서가 갈 거야. 그럼, 그냥 찢어버려. 오케이?

할머니는 종이를 찢는 동작을 여러 번 반복했다. 그래도 된다고? 그게 말이 돼? 나중에 이탈리아에 다시 입국할 때 체포되는 건 아니고? 걱정하는 눈빛의 나를 보며 할머니는 또 말했다. 젊은 친구, 내 말을 믿어. 노 프라블럼. 그냥 찢어버려. 저 뒤에 있는 진짜 경찰 아저씨 나타나면 상황이 더 복잡해져. 그러니 얼른 가. 집으로 고지서가 안 갈 수도 있어. 그럼, 당연히 아무것도 안 해도 돼. 걱정하지 말고 그냥 가. 할머니는 눈을 끔뻑끔뻑하며, 만면에 미소를 띠며, 영화 「괴물」에서 변희봉 님이 했던 그 손동작을 시연했다.

결국 나는 반신반의하며 아말피를 떠났고, 범칙금 고지서는 오지 않았다. 이후 이탈리아를 방문한 적이 없어서, 공항 입국 심사에서 무슨 일이 생길지 여부는 모른다. 그러나 거의 20년 전의 일이니, 공소시효는 확실히 지났지 싶다.

렌터카 여행에서 가장 중요한 건 법규를 지키며 안전하게 운전하는 거다. 주차를 반드시 주차장에 해야 하는 것은 물론이다. 주차 위반이든 과속이든, 대부분의 나라에서 범칙금은 우리나라보다 비싸다. 범칙금을 아끼기보다 안전을 위해, 즐거운 기분을 잡치지 않기 위해.

주차장 찾는 게 쉽지 않아서 아무 데나 세우는 경우가 있는데, 내가 아는 한 서울 도심 한복판보다 주차 공간 찾기가 어려운 곳은 전 세계 어디에도 없다고 해도 과언이 아니다. 맨해튼이나 도쿄나 런던이나 파리에도, 주차 요금이 비싸거나 내가 원하는 곳에서 조금 떨어져 있을 뿐, 주차 공간 자체는 언제나 찾을 수 있다. 요금 체계나 지불 방식 등이 나라마다 좀 다르니, 렌터카 여행을 계획한다면 그 나라의 주차 시스템은 미리 공부하고 가는 게 좋다.

외국에서 운전을 해본 경험은 많이들 갖고 있다. 사실 처음에만 좀 긴장될 뿐, 내비게이션이 잘 발달해 있는 지금은 그리 어려울 것도 없다. 원래 운전을 잘 못하는 사람, 특히 내비게이션에 의지해 초행길을 다니는 데 익숙하지 않은 사람만 아니라면, 해외에서의 운전은 누구나 시도해볼 만하다.

그런데 우리나라와 반대로 자동차가 좌측통행을 하는, 그러니까 운전자가 오른쪽 좌석에 앉는 나라에서의 운전은 이야기가 좀 다르다. 오래전, 나는 일본에서 운전이 하고 싶어졌다. 도쿄와 같은 대도시를 제외하면 대중교통만을 이용하여 일본 여행을 하는 게 너무 불편했기 때문이다. 몇몇 나라에서 렌터카 여행을 경험하면서 이게 얼마나 편한지 알아버렸기에, 단지 방향이 반대라는 이유만으로 운전을 포기하기는 아까웠다.

그런데 검색해보니 '비추' 글이 너무 많았다. 엄청 헷갈린다, 절대 하지 마라, 우리 외삼촌이 일본에서 운전하다 사고 나서 중상을 입었다 등등. 나도 포기할까 생각했다. 아내도 말렸다. 일본에 살고 있는 후배도 말렸다. 좌측통행 하는 나라가 일본 하나였으면 포기했을 수도 있다. 하지만 그런 나라는 의외로 많다. 일본에서 운전을 포기한다는 건 영국, 아일랜드, 호주, 뉴질랜드, 피지, 타이, 말레이시아, 인도, 인도네시아, 싱가포르, 홍콩, 사이판, 남아프리카 공화국, 케냐, 나미비아, 탄자니아 등 무려 70여 개 나라에서도 운전을 포기한다는 뜻이다. 자동차 여행 애호가로서, 그럴 수는 없었다.

고민을 거듭하던 중 해외 출장 경험이 많은 어느 교수님과 만난 자리에서 물었다. 혹시 좌측통행 하는 나라에서도 운전을 해보셨나요? 당연하지. 어렵지 않나요? 첫날만 좀 어렵지. 저도 할 수 있겠죠? 당연하지.

도전하기로 마음은 먹었는데, 연습할 방법이 마땅치 않았다. 인터넷을 뒤져봐도 유용한 정보가 없었다. 결국 독학하는 수밖에. 다른 사람이 운전하는 차의 조수석에 앉아서 전방을 주시하는 것부터 시작했다. 내가 운전하고 있다고 상상하며, 이 정도 느낌으로 보여야 차가 차로의 가운데에 있는 거구나, 감각을 익히려 했다. 그다음엔 조수석에 앉아 도리도리를 했다. 운전 중 뒤쪽 상황을 체크할 때, 오른쪽 거울을 볼 때와 왼쪽 거울을 볼 때는 고개가 돌아가는 각도가 조금 다르지 않나. 평소와 달리, 오른쪽을 볼 때는 요래 조금만, 왼쪽을 볼 때는 요래 조금 더. 그다음엔 손 훈련. 깜빡이와 와이퍼의 위치가 정반대니까, 깜빡이는 오른손으로, 와이퍼는 왼손으로 조작하는 걸 역시 시뮬레이션으로 연습했다. (액셀러레이터와 브레이크의 위치가 같은 게 얼마나 다행인지, 이것마저 달랐으면 세상 그 누구도 쉽게 엄두를 못 내리라.)

그다음으로는 일본의 신호 체계와 교통 법규 등을 익혔다. 이건 그래도 인터넷에서 어렵지 않게 찾을 수 있었다. 신호등의 모양에 따라 의미가 좀 다르고, 비보호 우회전의 규칙도 좀 다르고, 일본에서 운전을 하려면 반드시 알아둬야 할 내용이 꽤 있었다.

드디어 그날이 왔다. 하네다 공항에서 차를 빌려 오른쪽 운전석에 앉았다. 긴장됐다. 첫 번째 과제는 렌터카 영업소에서 나와 도로에 합류하는 순간 우회전이 아니라 좌회전을 해야 한다는 것. 첫 단계부터 낯설었다. 초보운전 때보다 더 긴장하며 고속도로에 진입했다. 도쿄처럼 복잡한 도시보다는 고속도로나 시골길이 편할 것 같아서였다. 그런대로 잘해내는 중이라고 생각하는데, 옆에 앉은 아내가 역시 긴장한 목소리로 말한다. 차가 자꾸 왼쪽으로 쏠려. 그랬다. 아무리 조수석에 앉아서 시뮬레이션을 했다고 해도, 미세하게 달랐다. 나는 차로의 가운데로 가고 있다고 느껴지지만 실제로는 약간 왼쪽으로 치우쳐서, 조금만 방심하면 왼쪽 차선을 밟게 되는 것이었다. 한 시간 정도 차를 몰고 나서 휴게소에 들렀다. 주차할 때도 몹시 어색했다. 차에서 내리니 뒷목이 뻣뻣했고,

손이 축축했다.

그다음부터는 조금씩 긴장이 풀렸지만, 비도 안 오는데 툭하면 와이퍼를 작동시켰고, 자동차가 왼쪽으로 쏠리지 않는지 수시로 확인을 해야 했다. 와이퍼 작동이 좀 뜸해질 무렵 톨게이트를 만났다. 차를 오른쪽에 붙이는 것까지는 성공했는데, 창문을 열겠다며 왼팔을 허공에 휘저었다. 톨게이트에서는 언제나 왼손으로 창문을 열었으니까. 습관이란 참.

극도의 긴장 상태는 두 시간 정도 지나니 풀렸고, 이틀째가 되니 훨씬 편해졌다. 물론 잊을 만하면 와이퍼가 움직였고, 톨게이트 지날 때면 왼손이 다시 허공을 갈랐고, 중앙선 없는 좁은 길을 가다 맞은편에서 차가 오면 내가 어느 쪽으로 붙어야 하는지 망설였지만, 2~3일 몰고 다닌 다음에는 두려움이 거의 사라졌다. 만세, 해냈다. 이제 전 세계 어디서나 운전할 수 있다!

지금은 좌측통행인 나라에서도 아무런 불편 없이 차를 몰고 다닐 수 있다. 와이퍼는 비올 때만 움직이고, 톨게이트에서도 왼손을 움직이지 않는다. (사실 하이패스 같은 시스템이 외국에도 많아서, 이젠 톨게이트 지날 때 창문을 잘 열지도 않지만.) 평소 운전이 매우 능숙한 사람이라면, 좌측통행 국가에서도 렌터카 여행에 도전해보기를 권한다. 단, 내가 했던 것처럼 사전 준비는 반드시 해야한다. 국내에서 운전하고 다니는 것보다 확실히 위험한 건 사실이니까.

해외에서의 운전 경험이 전혀 없는 사람이 일본과 같은 좌측통행 국가에 가서 첫 번째 렌터카 여행을 하는 건 특히 위험하다. 일본에 한 번도 안 가본 사람이 첫 방문 때 차를 빌리는 것도 매우 위험하다. 일본에서의 운전에 도전해볼 마음이 있는 분들은, 최소한 그 전의 다른 여행에서 다른 사람이 운전하는 자동차의 조수석에 앉아서 시뮬레이션을 해봐야 한다. 나는 못할 것 같다는 생각이 들면 포기하는 게 낫다.

렌터카 여행과 관련해서 가장 재미있는 추억 중 하나는 오키나와에서 대리운전을 이용했던 일이다. 오키나와는 대중교통이 별로 발달하지 않은 곳이라서 자동차 없이 여행하는 게 특히 불편하다. 맛집을 찾아가서 저녁을 먹는 것까지는 좋은데, 술을 못 먹는 게 아쉬울 때가 있다. 많이는 못 먹지만, 음주 단속에 걸릴 만큼은 먹을 수 있으니. 그래서 찾아봤다. 외국에는 대리운전이 없는지. 대부분의 나라에는 거의 없는 듯하지만, 일본에는 있었다. 오키나와는 특히 잘 발달되어 있었다. 요금도 가까운 거리는 우리나라와 비슷했다. 거리가 멀어지면 요금이 아주 많이 비싸지지만, 그리 먼 곳에서 대리운전 부를 일은 없으니 요금 걱정도 없는 편이다.

부르는 방법도 아주 간단하다. 일본어를 못해도 되고, 대리운전

앱 안 깔아도 된다. 대부분의 음식점에서 대리운전 기사를 불러주는 서비스를 제공하기 때문이다. 다 먹고 일어나기 직전에 종업원을 불러 숙소를 알려주면서 대리운전이 필요하다고 말만 하면 된다. '다이코代行 오네가이시마스'라는 말만 기억하면 된다. 그러면 깔끔한 제복을 입은 두 사람이 경차를 타고 온다. 어쩌나 얌전하게 몰던지.

내가 정말 좋아하는 책 중에 『미국에서 가장 경치 좋은 드라이브 코스The Most Scenic Drives in America』가 있다. 미국에서 가장 아름다운 드라이브 코스 120개를 모아놓은 책인데, 자동차 여행을 좋아하는 나에게 후배가 생일 선물로 준 것이다. (그랜드 캐니언 바닥에 내려가서 하루 자고 오자고 유혹했던 그 후배다.) 땅이 워낙 넓은 나라라서 한 개의 코스가 수백 킬로미터에 달하는 게 수두룩한데, 내가 그중 일부라도 달려본 곳이 열댓 곳 정도 된다. 앞으로 몇 개나 더 가볼 수 있을까. 그것도 아마 바이러스가 정해주려나. 그 후배에게 이 책을 선물하면서 알려줘야겠다. 『일생의 드라이브Drives of a Lifetime: 500 of the World's Most Spectacular Trips』라는 책도 있더라고. 내년 생일이 기다려진다.

18.   어머,
이건 꼭 사야 해

세상에는 두 종류의 사람이 있다. 쇼핑을 좋아하는 사람과 좋아하지 않는 사람. 나는 좋아하는 쪽이다. 누군가 열심히 만든 좋은 물건들을 바라보는 게 즐겁다. 나에게 꼭 맞는 제품을 구입하는 것도 즐겁고, 정말 갖고 싶지만 (대개는 가격 때문에) 눈물을 머금고 포기하는 일조차 아쉬운 동시에 즐겁다. 뭔가를 사면 물건이 남아서 좋고, 포기하면 다른 물건을 살 기회가 남아서 좋다.

나 아닌 누군가의 마음을 사로잡을 상품이나 도대체 누가 저런 걸 구매할까 싶을 정도로 특이한 물품을 구경하는 것도 즐겁다. 우리 모두는 결국 서로가 서로에게 뭔가를 판매하는 사람들이니, 가게와 시장과 백화점은 사람과 사람이 상품을 매개로 대화하고 교류하는 공간이다.

3부 몸은 못 떠나도 마음만은

개인차는 있겠지만, 여행의 즐거움에서 쇼핑을 빼놓을 수는 없다. 우리나라에 없는 물건이라면, 있다 해도 가격 차이가 많이 난다면, 구매 욕구는 더 커진다. 나라마다 지역마다 소위 '머스트 해브' 아이템들이 있고, 심지어 여행의 가장 큰 목적이 쇼핑인 경우도 있다.

과거엔 정말 그랬다. 외국에 가면 우리나라에 없는 게 너무 많았다. 가격 차이가 꽤 나는 것도 많았다. 그런데 지금은 그렇지 않다. 웬만한 건 주변에 다 있고, 가격도 다 거기서 거기다. 한때 많은 여행자의 필수 방문지였던 '프리미엄 아웃렛'의 인기도 시들해졌다.

그럼에도 불구하고 여행지에서의 쇼핑은 즐겁다. 비슷하지만 뭔가 다른 현지의 상품들이 있기 때문이기도 하지만 여행지에서 산 물건은 그 물건 본래의 효용에 더해 추억이라는 덤이 포함돼 있기 때문이다.

나는 여행지에서 다양한 물건을 구매해봤는데, 그중에서도 여행의 기억을 여러 번 소환할 수 있는 물건들이 좋았다. 또 실용적 가치가 없는 단순한 기념품보다는 일상생활에서 실제 사용 가능한 물건들이 좋았다. 가령 요리에 쓸 식재료를 사오면 그걸 다 먹는 동안, 수건을 사오면 그걸 사용할 때마다, 안경이나 키홀더를 사오면 시시때때로, 즐거웠던 순간이 잠시 떠오른다. 물론 어느 정도 시간이 흐르면 추억이 옅어져서, 이걸 어디서 샀더라 가물가물해지기도 하지만 이미 본전을 뽑은 다음이다.

내가 좋아하는 쇼핑 아이템 중 하나는 속옷이다. 여러 나라에 매장이 있지만 유독 한국에는 없는 브랜드 중에 '인티미시미 intimissimi'라는 이탈리아 속옷 회사가 있다. 남자 속옷이 다 거기서 거기지만, 적당히 예쁘고 편하고 저렴하다. 무엇보다 아침마다 여행지에 있는 기분을 (몇 초 동안이나마) 느낄 수 있어서 좋다. 같은 맥락에서 양말도 좋은 아이템이다. 여행지의 특색이 반영된 디자인의 양말도 좋고, 그저 평범한 것도 좋다. 최소한 며칠만이라도, 여행을 떠나는 기분으로 출근할 수 있다.

하지만 이렇게 실용적인 제품을 사는 것만으로 여행 중의 쇼핑 욕구가 전부 채워지지는 않는다. 쓸모는 없더라도, 오로지 추억을 만들고 그 여행을 기념하기 위한 물건도 사야 한다. 여행은 결국 즐거운 기억을 더 많이 남기기 위해서 가는 거 아닌가. 우리의 한정된 기억 공간에 즐거운 기억을 꾸역꾸역 집어넣어서, 어느 날 랜덤으로 떠오르는 기억의 맛이 씁쓸하지 않고 달콤할 확률을 높이기 위해서 시간과 돈을 쓰는 거 아닌가. 사진도 그래서 찍는 거고. 아무 기념품도 사지 않는 것보다는 뭐라도 사는 게 낫다.

그런데 문제가 있다. 정작 기념품을 사려 하면 마땅히 살 게 없다는 것이다. 관광지 주변의 기념품점에 가면 전 세계 어디서나 팔고 있는 뻔한 물건들 천지다. 글자만 몇 개 가리면 도통 어디에서 산 것인지 알 수 없는, 그러면서도 품질 대비 가격은 비싼 그것들.

그래서 어떤 사람들은 테마를 정해놓고 같은 종류의 기념품을 산다. 그런 행위가 쌓이면 '수집'이라고 하는 새로운 취미를 추가로 갖게 된다. 티스푼을 모으는 사람, 열쇠고리를 모으는 사람, 스노볼(영화에서 사람 죽일 때 가끔 사용되는 커다란 유리구슬)을 모으는 사람, '비어스타인'이라 부르는 클래식한 맥주잔을 모으는 사람, 가면을 모으는 사람 등등.

나도 모으는 게 있다. 내가 뭔가를 수집하는 취미를 갖게 될 줄은 정말 몰랐다. 한 가지에 깊이 빠지기보다는 세상만사에 골고루 관심을 기울이는 성격이라서, 애초에 수집 취미는 내 적성에 맞지 않는 것이었으니까.

솔직히 뭔가를 수집해보려는 시도조차 하지 않았던 것은 아니다. 어릴 적엔 우표도 아주 잠깐, 성냥갑도 아주 조금 모아봤고, LP판도 소량이나마 모아봤다. 하지만 어설픈 수집 취미들은 모두 금세 시들해졌다. 적성에 맞지 않는 것 외에도 여러 이유가 있었다.

첫째, 돈이 없었다. 웬만한 수집 취미는 다 어느 정도는 돈이 있어야 한다. 둘째, 내가 수집을 처음 시도하던 시절에는 수집 취미에 대한 사람들의 평판이 별로였다. 수집 취미는 흔히 '광狂' '벽癖' 등으로 불리며 취미보다는 '집착'의 이미지를 줬다. 누군가가 수집 취미를 갖고 있다는 이야기를 들었을 때 사람들은 흔히 '한량' 또는 '유별난 욕심쟁이'를 떠올렸다. (지금은 많이 달라졌다. '덕후'라는 말에 긍정적인 의미가 들어 있고, 컬렉션이 특이하거나 방대하면 '힙한' 사람이 된다.) 셋째, 수집을 좀 해보니, 생각보다 기쁨이 없었다. 내가 가진 것들을 보며 뿌듯해지는 마음보다 내가 아직 가지지 못한 것에 대한 아쉬움이 더 컸던 것이다. 넷째, 이걸 왜 모으나 하는 질문에 답이 없었다. 수집 대상이 평소의 내 생활과 별로 관련이 없기 때문이었다.

한동안 아무것도 수집하지 않던 내가 다시 뭔가를 수집하게 된 것은 여행준비라는 나의 취미를 발견하고 난 이후다. 그리고 지금은 나의 수집 취미를 아주 사랑하게 됐다. 앞서 말한 수집 취미의 여러 단점과 무관한, 제법 괜찮은 아이템을 발견했기 때문이다.

내가 선택한 수집 대상은 냉장고 자석이다. 관광지에서 기념품으로도 팔리고, 많은 가게가 판촉물로도 사용하며, 공연이나 행사 기념품으로도 만들어지는 작은 자석들 말이다.

자석 수집 취미는 돈이 별로 안 든다. 대개는 몇천 원, 아무리 비싸봐야 1만 원 안팎이다. 부피가 작아서 보관의 부담도 없다. 재산으로서의 가치가 전혀 없고 그 분야의 명품이랄 것도 없으니, 욕심도 커지지 않는다. 무엇보다 큰 강점은 모든 수집품이 개인적인 추억과 연관되어 있어서 볼 때마다 기분이 좋아진다는 것이다.

냉장고에 붙어 있으니 언제나 눈에 들어온다. 사진을 보려면 앨범을 꺼내거나(이젠 이럴 일이 거의 없지만) 컴퓨터를 켜거나 전화기의 앱이라도 작동시켜야 하지만, 자석들은 수시로 과거의 즐거운 기억들을 소환한다. 대부분의 자석이 여행지에서 사온 것이기 때문이다.

사실 지금 우리 집 냉장고에 붙어 있는 자석은 몇 개 안 된다. 냉장고 앞문 전체를 거의 다 자석으로 채웠을 무렵 이사를 하게 됐고, 그때 안방과 작은방 사이의 좁은 벽, 흔히 '포인트 벽지'를 바르는 그 벽에 얇은 철판을 붙여 '자석 갤러리'를 만들었기 때문이다. 그 벽 하나가 자석들로 가득 채워진 다음엔 같은 크기의 철판이 다른 벽에 또 붙었다. 시간이 흘러 두 번째 철판도 다 채워졌고, 그 후에 생긴 자석들만이 냉장고에 붙어 있다. 우리 집에 오는 손님들은 하나같이 그 벽을 한참 동안 들여다보곤 한다. 같은 취미를 가진 사람들은 더 오래 본다.

수백 개에 이르는 온갖 자석 중에는 평범한 것도 많다. 초창기에 구입한 것들이다. 국가 혹은 대도시의 이름과 그곳을 상징하는 건물이나 조형물이 담겨 있는, 공항 면세 구역에서도 손쉽게 살 수 있는 특색 없는 것들. 그러다가 방문한 곳이 늘어나고 자석의 수도 함께 늘어나면서, 나의 자석 컬렉션은 조금씩 풍성해졌다. 재질이나 모양이 이색적인 자석들, 접근성이 떨어지고 여행자가 많지 않은 외딴곳에서 구입한 자석들, 특정한 시기에만 구할 수 있는 일종의 한정판 자석들 같은.

얇은 나무를 붙여 만드는 하코네 지역의 전통 목공예 자석은 당연히 플라스틱이나 금속 자석보다 소중하다. 홍콩의 부속 섬인 라마섬(주윤발의 고향으로 유명한데, 배를 30분쯤 타면 갈 수 있다. 구룡반도나 홍콩섬과는 완전히 다른, 쓸쓸한 분위기의 섬이다)에서 산 자석은 'I♥NY'나 'London'이라고 적혀 있는 자석보다 소중하다. 올림픽이나 영화제 같은 행사를 기념하는 자석은 그 시기에만 살 수 있기 때문에 아무 때나 구할 수 있는 것보다 소중하다.

자석 수집에 한창 재미를 붙일 무렵 한 가지 문제(?)가 생겼다. 정말 기억에 남을 만한 장소를 방문했는데, 그곳에선 자석을 팔지 않는 경우가 종종 있는 것이다. 이를 어쩐다? 괜찮아. 자석을 사기 위해 여기 온 건 아니잖아. 이렇게 생각하며 아쉬움을 달랬다.

그런 일이 여러 번 반복되자 마침내 나는 자석을 만들기로 했다. 가볍고 얇고 작고 예쁘면서 그곳을 기억하는 데 도움이 될 만한 자석 아닌 물건을 챙긴 다음, 집에 와서 약간의 '작업'을 통해 자석으로 변환시키는 방법을 찾아냈다. 문방구에서 파는 종이 자석과 다양한 크기와 두께의 양면테이프, 칼과 가위, 접착제, 작은 펜치 정도만 있으면 꽤 많은 물건을 냉장고 자석으로 바꿀 수 있

3부 몸은 못 떠나도 마음만은

다. 이런 자석들은 세상에 딱 하나뿐인 소중한 기념품이 된다.

캘리포니아의 나파 근처에 있는 욘트빌이라는 도시는 유명 맛집들이 밀집해 있는데, 그중에서도 가장 유명한 곳은 '프렌치 론드리The French Laundry'다. 미국 서부 최고의 식당으로 손꼽히는 곳이기도 하다. 로스앤젤레스에 살 때, 가까이 지냈던 후배와 우리 부부는 "캘리포니아에 사는 동안 불란서 세탁소 한번 가봐야 할 텐데……"라며 노래를 불렀다. 우리 집에서 자동차로 6시간이나 걸리는 곳이었지만, 예약에만 성공한다면 기꺼이 갈 용의가 있었다. 그런데 이곳은 세계에서 가장 예약하기 어려운 식당 중 하나로도 유명했다. 우리 부부는 후배에게 이렇게 말했다. "네가 예약에 성공한다면, 너의 밥값도 우리가 내겠다." 농담 반 진담 반이었다.

그로부터 몇 달 후, 어느 목요일 저녁에 전화가 왔다. "이번 토요일 점심에 3명 예약 가능하다는데, 가실래요?" 알고 보니 그 후배는 지난 몇 달간 수시로 전화를 걸어 누군가 취소한 자리가 없는지 확인했고, 그 정성이 욘트빌 하늘에 닿아 빈자리를 얻을 수 있었던 것이다. 당연히 가야 했다.

문제는 예약 시간이 토요일 낮 12시라는 점. 당일에 출발하면 집에서 새벽 5시에는 떠나야 하는데, 세계 최고의 레스토랑에 꾀죄죄한 몰골을 한 채 최악의 컨디션으로 갈 수는 없었다. 그래서 과감하게 금요일 오후에 떠나기로 했다. 1인당 400달러짜리 식사를 해야 하니, 호텔은 100달러짜리를 예약했다. 우리가 가진 옷들 중에서 가장 좋은 것을 가방에 챙겼고, 금요일 저녁은 고츠 버거 Gott's Burger라는, 그 동네 맛집 중 가장 저렴한 곳에서 해결했다.

이튿날 셔츠를 열심히 다려 입고서 레스토랑으로 향했다. 명불허전, 모든 것이 훌륭했다. 테이블 간격이 다소 좁은 것만 빼면 흠잡을 게 없었다. 그런데 최고로 좋은 일은 후식과 커피까지 다 먹고 난 다음에 일어났다. 작고 예쁜 종이 가방을 '기념품'이라며 모든 손님에게 나눠줬는데, 쿠키가 담긴 조그마한 양철 상자가 들어 있었던 것이다. 프렌치 론드리 로고가 양각으로 새겨진 뚜껑을 보는 순간, 나는 그것이 최고의 자석 재료가 될 것임을 직감했다! 그 뚜껑은 약간의 가공을 거쳐 냉장고 자석으로 변신했고, 지금도 나의 자석 갤러리에 잘 붙어 있다. (내가 가진 자석 중에서 가장 비싼 놈이다.)

꽤 많은 것이 자석의 재료가 된다. 열쇠고리, 지우개, 책갈피, 배지 등은 당연히 된다. 충전식 선불 카드도 좋은 재료다. 시애틀에 있는 1호점에서만 구할 수 있는 스타벅스 카드나 샌디에이고에 있는 유명 식당 필스 비비큐Phil's BBQ 카드 등은 최상의 재료 중 하나다. 일단 충전을 한 다음 그걸로 음식 값을 계산하면 되니, 자석 재료는 공짜로 생기는 셈이다. 입장권이나 각종 티켓도 자석 재료가 될 수 있다. 미국의 모든 국립공원을 1년간 마음대로 들락거릴 수 있는 패스라거나(국립공원 세 곳만 가면 본전 뽑는다), 특정 도시의 미술관이나 대중교통을 며칠 동안 무제한으로 이용할 수 있는 티켓들 중에도 예쁜 게 많다. 호텔 객실의 카드키 중에도 아주 특이하고 예쁜 게 있으면 자석으로 만들어 붙일 수 있다. (이거 너무 예쁘다고, 기념품으로 간직하고 싶다고 말하면 대부분 흔쾌히 준다.)

뭐든 된다. 자석의 힘으로 냉장고에 붙어 있을 만한 무게와 크기라면 다 된다. 하코네의 그 돈가스 집 '리큐'의 성냥도, 라스베이거스의 카지노에서 실제로 사용되는 칩 하나도, 내가 오래전 파리의 이케아에서 들고 왔던 꼬마 연필들도 하나의 자석으로 변신했다. 원래는 자석이 아니었으나 그 물건들은 내가 이름을 불러주었을 때 하나의 자석이 되어 냉장고에 들러붙어 언제나 추억 발전소 역할을 하고 있다.

자석을 모은다고 주변에 널리 알리면 특별한 곳을 다녀온 지인들이 선물해주는 경우도 생긴다. 그래서 나의 자석 갤러리에는 내가 가보지 못한 엘 살바도르, 페루, 포르투갈, 남아프리카공화국, 아이슬란드, 스웨덴, 캐나다 등의 자석들도 붙어 있다. 그런 자석들을 볼 때면 나의 취미를 기억해준 고마운 지인들이 떠오른다.

최근에 우리 집 냉장고에 붙은 자석은 속초의 '칠성조선소'에서 사온 배지를 활용해서 내가 만든 것이다. 참 오랜만에 자석 하나가 늘었다. 여행을 마음대로 못 떠나는 시대, 벽에 붙어 있는 자석들을 하나하나 오랫동안 들여다봤다. 마음이 몽글몽글해졌다.

3부 몸은 못 떠나도 마음만은

19. 관객 혹은
   배우가 되어

로스앤젤레스에서 살았던 2년 동안 일어난 일들 중엔 이런 것도 있다. 어느 토요일 낮, 시내의 레스토랑에서 밥을 먹고 있었다. 베 벌리힐스에 있는 식당이긴 했으나, 어마어마하게 비싸고 유명한 곳은 아니었다. 대부분의 손님이 캐주얼한 차림으로 밥 먹으러 나온 동네 주민들이라 분위기는 시끌시끌했다. 그런데 한순간 식당 안이 고요해졌다. 열심히 수다를 떨던 사람들이 모두 약속이나 한 듯 침묵 모드로 바뀐 것. 뭔가 이상하다고 느낀 순간, 맞은편에 앉아 있던 아내가 눈을 동그랗게 뜨고 다급하게 고갯짓을 했다. 얼른 뒤를 돌아봤다.

톰 크루즈가 아내(케이티 홈즈)와 딸(수리 크루즈)과 함께 식당을 가로질러 나가고 있었다. 저 안쪽의 조용한 룸에서 식사를 마친 모양이었다. 그들이 밖으로 나가자마자 모두가 일제히 입을 열어 말하기 시작했다. 오 마이 갓. 봤어? 맞지? 너무 근사하다. 수리너무 예쁘지 않냐. 역시 키는 작아. 여기 자주 오는 거야? 늙었다. 추리닝 입고 밥 먹으러 왔네?

서울에 살면서 우리나라 '셀럽'들은 가끔 실물을 영접할 때가 있다. 하지만 외국의 셀럽을 멀리서라도 마주치기란 쉬운 일이 아니다. 내가 톰 크루즈와 같은 공간에 잠시라도 머물렀던 건 물론 여행길에서 일어난 일이 아니지만, 여행 중에는 아무래도 이런 행운을 만날 기회가 늘어난다. 그 확률을 좀더 높일 수 있는 방법은 극장에 가는 것이다.

첫 해외여행에서 나는 파리의 한 극장에 연극을 보러 갔다. 대학 연극부 활동도 했고 한때는 연극영화과 진학을 꿈꾸기도 했던 나는 평소에도 공연장을 즐겨 찾곤 했으니, 당연히 외국에서의 연극 관람이라는 경험도 해보고 싶었던 거다.

그런데 뭘 본다? 대사를 하나도 못 알아들을 텐데. 거리에 붙어 있는 연극 포스터들을 보노라니 셰익스피어의 연극이 한 편 있었다. 「리처드 3세」. 어차피 내용은 모르지만, 그래도 현대극보다는 이게 낫겠다 싶었다. 어라? 그런데 주연배우의 얼굴이 어쩐지 낯익었다. 내가 프랑스 연극배우의 얼굴을 알 턱이 없는데, 라고 생각하며 이름을 보니 헉, 드니 라방이었다.

드니 라방이 누구인가. 1980~1990년대 영청들을 사로잡았던 「나쁜 피」, 「소년 소녀를 만나다」, 「퐁네프의 연인들」의 주인공이자 레오 카락스 감독의 페르소나. 그가 연극을 한다고? 당장 표를 샀다. 그의 연기는 굉장했다. 셰익스피어의 희곡을 현대적으로 재해석한 그 연극에서 드니 라방은 리처드 3세 역할을 맡았는데, 가죽 재킷을 입고 오토바이를 타고 나타나서 무대 위를 원숭이처럼 경중경중 뛰어다니며 포효했다.

하지만 대사를 못 알아들으니 점점 집중력이 떨어졌다. 인터미션이 있어서 정말 다행이라 생각하며 로비로 나왔다. 근사하게 차려입은 파리지엔들 사이에서 기지개를 켜고 있는데, 저쪽 어딘가에 유난히 사람들이 몰려 있었다. 이럴 수가. 사람들 사이에서 빛을 발하고 있는 존재가 있었으니, 그건 바로 줄리에트 비노쉬였다. 「프라하의 봄」, 「폭풍의 언덕」, 「세 가지 색: 블루」, 「세 가지 색: 레드」, 「세 가지 색: 화이트」, 「데미지」 등등 수많은 영화의 주인공. 그녀가 거기에 있었다. 스크린에서 봤던 모습과 똑같이 우아한 자태로. 「퐁네프의 연인들」 등의 작품에서 함께 연기했던 드니 라방을 응원하기 위해 방문한 듯했다. 사인도 못 받았고 사진 한 장 못 찍었지만, 잊지 못할 순간이었다.

로스앤젤레스에서 지낼 때도 연극을 보러 갔다. 집에서 걸어갈 수 있는 거리에 담쟁이덩굴로 뒤덮인 작은 극장이 하나 있었는데,

처음엔 몰랐지만 나중에 알고 보니 미국 서부에서 가장 유명한 극장인 게펜 플레이하우스Geffen Playhouse였다. 그곳에서는 몇 달에 한 편씩 새 작품이 공연되는데, 툭하면 '세계 초연' 혹은 '서부 초연'이었다. 지나칠 때마다 언제 한번 가야지 생각하며 차일피일하던 차에, 아는 이름의 연극 포스터가 붙어 있는 걸 발견했다. 「엑소시스트」. 아마도 영화를 각색한 것이겠지? 저걸 보러 가야겠다고 생각하며 포스터를 쳐다보는데, 역시 주연배우 이름이 놀라웠다. 브룩 실즈! 아니, 이 누나가 왜 여기서 나와? 소피 마르소와 함께 전 세계 소년들의 책받침을 양분했던 그녀를 몇 미터 앞에서 볼 수 있다니.

연극이 그리 훌륭했는지는 잘 모르겠고, 그녀의 연기가 훌륭했는지는 더더욱 의문이다. 하지만 『신의 아그네스』의 작가인 존 필미어가 희곡을 쓰고 브룩 실즈가 주연을 맡은 연극을 '월드 프리미어'로 관람하는 일은 평생 잊지 못할 짜릿한 경험이었다.

돌이켜보니 참 많은 공연을 여행 중에 봤다. 뮤지컬이나 오페라도 많이 봤고, 음악회도 여러 번 갔다. 공연장의 크기, 장르, 입장료, 퀄리티 등은 모두 천차만별이지만, 여행의 추억을 풍성하게 만들어준다는 점에서는 모두 만족스러웠다. 여행 계획이 잡혔을 때, 그 기간에 그곳에서 열리는 각종 공연의 목록을 검색해보는 일은 나에겐 하나의 습관과도 같다. 한 도시에 사나흘 이상 머문다면,

하룻저녁쯤은 자신이 가장 선호하는 장르의 공연을 관람해도 좋겠다. 대형 극장의 화려한 공연만 좋은 것은 아니다. 소극장에서 공연되는 인형극이나 마임도, 작은 클럽에서 열리는 무명 가수의 재즈 콘서트도, 동네 성당에서 열리는 소소한 음악회도 소박한 아름다움과 따뜻한 여유를 품고 있다.

로스앤젤레스를 방문하는 여행자들은 흔히 할리우드에 가지만, 바로 그 동네에 있는 야외극장 '할리우드 볼Hollywood Bowl'은 모르는 사람이 많다. 하지만 여름 시즌에 그 도시를 방문할 기회가 있다면 할리우드 볼에서 열리는 다양한 행사에 관심을 기울일 만하다. 할리우드 볼에서 열리는 공연은 클래식이 많지만, 공연장 분위기가 엄숙함과는 거리가 멀다. 복장 제한도 없고 음식물 반입 제한도 없다. 여기는 반바지에 슬리퍼 차림으로 도시락 싸들고 와서 맥주나 와인을 홀짝거리며 음악을 듣는 곳이다. 하지만 무대 위의 오케스트라는 흔히 LA 필하모닉이고, 유명한 연주자나 성악가도 자주 등장한다. 더욱 좋은 건 불꽃놀이인데, 일주일에 이틀 정도는 공연 말미에 화려한 불꽃이 밤하늘을 수놓는다. 가장 '캘리포니아스러운' 곳 중 하나랄까.

이 글을 쓰다 말고 할리우드 볼 홈페이지에 들어가보니 이곳에서도 모든 공연이 취소되고 있다. 1922년에 문을 연 유서 깊은 야외극장의 역사에서 가장 긴 기간 동안 음악이 멈춘 것일지도 모르겠다. 2022년 7월이면 개장한 지 1세기가 되는데, 100주년 기념 축제는 가능하겠지? 가능해야 할 텐데.

관객이 되어 공연을 보는 것도 즐거운 일이지만, 배우가 되어 무대에 오르는 일은 더욱 신나는 경험이다. 진짜 배우가 되기는 어렵더라도, 주로 '보는 것'이 위주가 될 수밖에 없는 여행 중에 직접 뭔가를 체험하는 것은 색다른 추억이 된다. 조금만 성의를 갖고 찾아보면 어느 여행지든 체험거리는 적지 않다.

그중 대표적인 것이 쿠킹 클래스다. 방콕에서 타이 음식 만드는 법을 배웠던 일은 특히 기억에 남는다. 방콕의 수많은 쿠킹 클래스 중에서 나는 솜퐁 타이 쿠킹 스쿨Sompong Thai Cooking School을 체험했는데, 4시간 동안 장보기부터 시작해 다양한 음식을 만들고 맛보는 일은 무척이나 즐거웠다. 알려주는 대로 따라가기만 하면 의외로 맛있는 타이 음식이 뚝딱 완성되더라. 작은 요리책도 선물로 준다. 덕분에 이제는 재료 몇 가지만 사오면 집에서도 타이 음식을 손쉽게 만들어볼 수 있게 됐다.

사누키 우동으로 유명한 가가와현 다카마쓰에 있는 나카노 우동 스쿨Nakano Udong School도 참 재미있었다. 우동 만드는 법에 대한 강의를 들은 다음, 직접 반죽을 하고 비닐에 넣어 발로 열심히 밟은 다음(음악에 맞춰 춤을 추듯 밟으면 된다) 잠시 기다렸다가

칼로 썰어 면을 만든다. 그러곤 내가 만든 면으로 우동을 끓여 먹는다. 2시간이 채 안 걸리는 짧은 체험이지만, 이름이 학교이니 졸업장도 준다.

사실 체험 여행은 세계적인 트렌드다. 마이리얼트립과 같은 플랫폼들을 활용하면 정말 수도 없이 많은 프로그램을 찾을 수 있다. 사람들이 쉽게 떠올릴 법한 거의 모든 체험 프로그램을 인터넷에서 찾을 수 있다고 해도 과언이 아니다. 뿐만 아니라 미처 예상하지 못했던 기발한 프로그램들도 속속 등장하고 있다. 암스테르담에서 인기 있다는 '청소 여행'이 대표적인 사례다. '플라스틱 낚시 여행'이라는 이름의 이 상품은 배를 타고 강을 여행하며 뜰채로 쓰레기를 건져 올리는 체험이다. 돈(1인당 25유로)을 내고 청소 노동을 하는 건데, 수익은 환경단체에 기부된다고 하니, (너무 힘들지만 않다면) 다음에 암스테르담에 가면 한번 참가해볼까 싶은 마음이 든다. 제주도에도 자전거를 타고 해안가를 여행하며 쓰레기를 줍는 프로그램이 있다고 한다.

상대적으로 수동적인 체험이긴 하지만 방콕에서의 '미드나이트 푸드투어' 프로그램도 참 좋았다. 내가 마이리얼트립에서 뭔가를 구매해본 유일한 사례인데, '툭툭'이라는 창문 없는 삼륜 택시를 타고 다니며 네댓 곳의 음식점을 연이어 방문하는 상품이었다. 가이드북에 나오는 유명한 맛집과 현지인들만 가는 간판도 없는 허름한 식당을 모두 체험하는데, 투어를 마칠 때쯤이면 배가 극단적으로 부르다는 것 외에는 단점이 하나도 없었다. 배를 꺼뜨리기 위해 중간중간 시장이나 왕궁도 산책하고, 전망 좋은 강변 카페에서 맥주도 마시고, 어떤 계약이 되어 있는지 모르겠지만 긴 줄이 늘어선 식당도 곧바로 입장할 수 있었다. 저녁 7시부터 자정까지 다섯 시간 동안 아주 즐거운 시간을 보내는 데 8만 원이 채 안 드니, 가성비도 좋은 편이었다. (심지어 숙소까지 데려다준다.)

재미로 하는 반나절이나 하루짜리 프로그램 외에, 일주일 내외의 시간과 꽤 큰 금액을 투자하여 뭔가를 깊이 있게 배우는 프로그램도 있다. 위기관리 컨설턴트이자 코칭 전문가이자 훌륭한 작가이자 동네 이웃인 김호 더랩에이치 대표는 목공이라는 특별한 취미를 갖고 있는데, 목재가 풍부한 북유럽이나 북미 등에 있는 유명한 목공 학교에 가서 일주일쯤 오로지 목공만 하다가 오는 여행도 가끔 한다. 이것저것 관심 분야는 많아도 뭐 하나 제대로 할 줄 아는 게 없는 나로서는 이런 여행을 해본 적이 없지만, 언젠가 한번쯤은 외국 극단에서 운영하는 코미디 워크숍에 참여해보고 싶다는 막연한 꿈을 갖고 있다. (이 생각은 『예스, 앤드』라는 책을 보고 난 후 하게 됐는데, 이 책은 시카고의 유명 코미디 극단인 '세컨드 시티'가 지난 30년간 기업가 등을 대상으로 진행한 즉흥극 수업에 관한 책이다.)

여행 중에 공연을 보거나 체험 프로그램에 참여하는 걸 망설이는 사람도 많다. 망설인다는 건 다른 선택지가 있다는 뜻이다. 여기에서 다른 선택지란 대개는 가이드북에 나오는 유명 관광지다. 관심이 전혀 없으면 공연 따위 안 봐도 되고, 뭘 배우거나 체험하는 것도 안 하면 그만이다. 하지만 망설여진다면, 유명 관광지 하나를 포기하는 게 낫다. 중국집엔 짬짜면이 있지만 인생에는, 그리고 여행에는 짬짜면이 없다. 유명 관광지가 타인의 선택이라면, 왠지 내가 하고 싶고 보고 싶은 그 프로그램은 나의 선택이다. 내 맘대로 되는 게 별로 없는 인생에서 여행 스케줄 정도는 내 맘대로 짜도 된다.

유명한 관광지라고 해서 꼭 가야 한다는 법 있나. 게다가 갈까 말까 망설여지는 그 유명 관광지는 알고 보면 어마어마하게 유명한 곳도 아니다. 평소에는 존재도 몰랐다가 가이드북에서 처음 발견한 장소에 집착할 이유가 있을까. 어차피 가이드북에 별표 다섯 개 붙어 있는 곳이라고 다 가는 것도 아니지 않나. 어디 가서 자랑할 수도 없고 사진 말고는 남는 것도 없는, 남들이 좋다고 하는 유명 관광지보다는 내 마음이 왠지 끌리는 곳, 그곳을 선택했을 때 기억에 훨씬 더 오래 남는다. 좋은 곳이 좋은 게 아니라 내가 좋아하는 곳이 좋은 곳이다.

20. 가보니
참 좋았다

원래 계획은 이쯤에서 에필로그에 해당되는 마지막 글을 쓰는 거였다. 머리말을 빼고 딱 스무 개의 글로 이뤄진 책. 그런데 우리 인생이나 여행이 늘 그렇듯, 계획은 이런저런 이유로 변경된다.

여기까지 읽으신 독자라면 이미 알고 계시겠지만, 이 책은 장르가 불분명하다. 제목과 달리 대단한 '기술'을 가르쳐주는 책도 아니고, 그렇다고 여러 여행지에 관한 정보를 주는 책도 아니다. 감성적인 여행 에세이도 아니고, 우아하고 수준 높은 인문서도 아니다. 그저 여행준비라는 조금은 독특한 취미를 가진 내가 여행준비 혹은 여행을 하면서 느끼거나 경험한 잡다한 '이야기'들을 모아놓은 소품일 뿐이다.

당연히 여러 장소에 관한 서술이 나오지만, 이야기의 흐름 속에서 마땅히 들어갈 자리를 찾지 못한 장소도 많다. 내가 정말로 좋아했던 곳들, 그리고 내가 정말로 가고 싶어하는 곳들임에도 불구하고 말이다.

그래서 세 편의 글을 더 쓰기로 했다. 본문에 아직 언급되지 않은 곳들 중에서 내가 정말로 좋아했던 장소 일곱 군데, 내가 정말로 만족했던 음식점 일곱 군데, 그리고 내가 아직 가보지 못했지만 언젠가는 꼭 가겠노라 꿈꾸는 여행지 일곱 군데를 간략하게 소개하는 글들이다. 왜 하필 일곱 군데냐고 묻지 마시라. 다섯 군데씩 추리려 했으나 버리기 아까운 곳이 너무 많아 두 개씩만 추가했다. 계획은 여러 이유로 변경되기 마련이다. 선정 기준도 묻지 마시라. 누구나 다 아는 아주 유명한 곳들 빼고, 내가 가까운 지인들에게 일말의 주저 없이 추천할 수 있는 장소들을 내 맘대로 골랐다. 쓸데없는 군더더기가 아니라 기분 좋은 보너스 트랙으로 읽히면 참 좋겠다.

🚗 포레스트 타워, 덴마크

코펜하겐에서 자동차로 한 시간 거리에 캠프 어드벤처라는 공원이 있다. 여기에 2019년 3월 말에 새로 완공된 전망대 이름이 포레스트 타워The Forest Tower다. 공원 입구에서 20분쯤 숲속을 걸어가면 특이한 모양의 전망대가 나타나는데, 아래에서 봐서는 그

진가를 모른다. 나선형 길을 따라 끝까지 올라가면, 사방이 숲이다. 저 멀리 건물들이 조금 보이긴 하지만 눈에 보이는 대부분이 나무의 꼭대기들. 키가 20미터쯤 되는 나무들이 빽빽하게 들어선 아주 넓은 숲 한가운데에 우뚝 솟은 45미터 높이의 전망대는 한 번도 본 적이 없는 독특한 전망을 제공한다. 답답했던 가슴이 뻥 뚫리는 느낌을 받는다.

포레스트 타워가 생기기 전부터 캠프 어드벤처는 무려 35개나 되는 집라인으로 유명한 곳이었고, 숲속에서의 글램핑도 가능한 곳이다. 그러니 숲속 액티비티를 좋아하는 분들은 더 많이 즐기시길.

🚗 폴링워터, 미국

미국의 유명 건축가 프랭크 로이드 라이트가 설계한 집이다. 라이트는 뉴욕의 구겐하임 미술관을 비롯해 수많은 걸작을 남긴 건축가로, 20세기 3대 거장으로 꼽히는 사람이다. '낙수장'이라고도 불리는 폴링워터Fallingwater는 물이 흐르는 계곡 위에 지은 대단히 독특한 모양의 주택이다. 집 안에서 폭포를 바라보는 게 아니라 폭포가 집을 관통하는 형국. 실제로 가보면 집은 정말 근사하지만, 여기서 살 수는 없겠다는 생각이 든다. 물소리가 너무 시끄러워서. 실제로 집주인이 아주 괴로워했다는 후문이 있고 공학적으로도 문제가 많다고 하지만 자연과의 조화를 가장 멋지게 구현한 작품으로 꼽히기도 한다. 예술은 예술, 생활은 생활.

이곳은 피츠버그에서 한 시간 반, 워싱턴 DC나 볼티모어에서는 3시간 반 거리에 있어서 접근성이 떨어지는 편이다. 하지만 인근에 있는 플라이트 93 기념관Flight 93 National Memorial을 함께 본다면 장거리 운전을 해도 좀 덜 억울할 것. 플라이트 93은 9.11 테러 당시 추락한 네 대의 비행기 중 하나로, 승객들이 테러범과 격투를 벌인 끝에 원래 목표물이었던 국회의사당이 아니라 벌판에 추락했다. 그라운드 제로나 펜타곤의 추모 시설과는 또 다른 의미에서 숙연해지는 공간이다. 피츠버그에도 가게 된다면 당연히 앤디 워홀 미술관을 추천.

🚗 나오시마, 일본

내가 가본 모든 여행지 중에서 '여기는 꼭 다시 와야지'라는 생각을 가장 강하게 했던 곳이다. 작은 섬 전체가 미술관이라 해도 과언이 아닌 곳. 아무것도 없던 작은 섬이 불과 20여 년 사이에 세계적인 관광 명소가 된 원동력은 한 사람의 뚝심. 현대미술이나 건축에 조금이라도 관심 있는 사람에게는 물론이고, 복잡한 도시 생활에 지친 모두에게 강추할 수 있는 섬. 지추미술관과 이우환 미술관을 비롯한 다양한 미술관도 훌륭하지만, 섬에 있는 유일한 호텔인 베네세하우스야말로 정말 특별한 호텔(이자 미술관)이다. 베네세하우스는 내가 묵어본 모든 호텔 중에서 가장 조용했다. 나오시마는 당일치기로 둘러보기엔 너무 아까운 곳이니, 이틀 정도 숙박을 권한다. 베네세하우스는 예약하기 매우 어렵지만, 민박집이 몇 개 있긴 하다.

나오시마는 우동으로 유명한 가가와현에 속하고, 다카마쓰 항에서 배를 타는 것이 가장 가깝다. 그러니 다카마쓰에서 이틀 머물며 우동집 순례를 한 다음 나오시마에 들어가 이틀쯤 더 머무는 4박5일 코스를 짜는 것도 좋다. 우동집 순례 사이에 배를 꺼뜨릴 수 있는 장소로는 리쓰린 공원이 있고, 내가 가본 여러 우동집 중에서 가장 마음에 들었던 곳은 '야마우치우동'이다.

나오시마는 작지만 경사가 많아 자전거로 다니긴 조금 버겁고, 버스는 띄엄띄엄 다니며, 택시는 거의 없다. 일본에서의 운전이 전혀(!) 불편하지 않은 사람이라면 페리에 차를 싣고 들어가는 것도 고려할 만하다. 나오시마 여행 전후에 읽기 좋은 책으로는 『예술의 섬 나오시마』가 있다.

🚗 **키 웨스트, 미국**

석양이 근사한 곳은 많다. 훌륭한 드라이브 코스도 많다. 위대한 작가에 관한 스토리가 담긴 도시도 많다. 내가 좋아하는 '세상의 끝' 분위기를 내는 장소도 많다. 하지만 이 모든 것이 한데 어우러져 있는 장소는 흔하지 않다. 미국 플로리다주에 있는 키 웨스트 섬은 그런 곳이다.

마이애미에서 자동차로 3시간 남짓 달리면 닿을 수 있는 키 웨스트는 미국의 최남단이다. 지도를 보면 어떻게 이런 지형이 있을까 싶게 작은 섬들이 줄지어 있는데, 그 모두가 40여 개의 다리로 연결되어 있다. 비현실적인 물빛의 바다 위를 오랫동안 달려가면 나타나는, 헤밍웨이의 흔적이 곳곳에 남아 있는 땅끝 마을. 이곳에서는 키 라임 파이와 쿠바 음식을 맛봐야 하고 모히토도 마셔야 하지만 그중 최고는 역시 선셋 크루즈를 타는 것이다. 바닷가에서 공짜로 볼 수 있는 석양도 매우 근사하지만, 배를 타고 나가서 보는 석양은 그야말로 숨이 막힐 정도로 아름답다.

항구에 가면 다양한 가격대의 상품이 있는데, 5만 원 정도를 내면 선상에서 라이브 연주를 들으며 술과 안주를 무제한으로 즐기면서 평생 잊지 못할 석양을 볼 수 있다. 이왕이면 맥주보다는 모히토를 마시자. 모히토는 몰디브에서만 마시는 게 아니다. 쿠바의 아바나가 발상지로 알려져 있으니, 알고 보면 모히토는 원래 이 동네 술이다.

시간이 허락한다면 오가는 길에 있는 에버글레이즈 국립공원도 들러서 온순한 악어인 앨리게이터들을 만나도 좋다.

🚗 아이구아블라바, 스페인

스페인 여행을 준비하면서 '파라도르'라는 걸 알게 됐다. 주로 중세 시대의 고성, 수도원, 요새, 궁궐 등을 개조하여 운영하는 스페인의 국영 호텔로, 약 90개가 있다. 호텔에 따라 차이는 있지만, 전망 좋은 곳이 많다. 조식 포함 2인1실 1박의 기본 가격이 150유로 안팎이고 가장 비싼 곳도 300유로 정도이니, 민간 호텔보다는 확실히 싸다.

홈페이지(paradoresofspain.com)에서 예약할 수 있는데, 5박을 한꺼번에 구매하는 프로모션 상품도 있다. 한곳에서 5박도 가능하고, 하루씩 다섯 곳을 이용할 수도 있다. 닷새를 연이어 이용해야 하는 게 아니라 1년 내에 아무 때나 쓰는 방식이다. 30세 이하와 55세 이상은 할인도 해준다.

나는 이런저런 사정이 있기도 했고 '싼 게 비지떡' 아닐까 싶은 우려도 있어서 딱 하루만 이용해봤다. 바르셀로나에서 2시간 거리에 있는 아이구아블라바라는 곳이었다. 그러곤 후회했다. 왜 한곳만, 그것도 하루만 예약했을까 하고. 언젠가 다시 스페인을 가게 되면 반드시 5일은 파라도르에서 묵으리라.

여러 파라도르는 건물의 원래 용도에 따라 몇 개의 카테고리로 나뉜다. 고성, 수도원, 성채, 궁궐 등등. 그중 하나가 '모던'으로, 이건 아마도 낡은 건물을 허물고 그 자리에 새로 지었다는 의미인 듯했다. 내가 묵은 아이구아블라바 파라도르도 '모던'에 속하는데, 다음번엔 진짜 고성을 개조한 곳에서도 머물러보고 싶다. 90개의 파라도르 중 압도적으로 가장 인기 있고 가장 비싼 곳은 '파라도르 데 그라나다'다. 그 유명한 알람브라 궁전 바로 옆에 있기 때문.

🚌 플롬, 노르웨이

노르웨이 여행준비는 참 힘들었다. 가고 싶은 곳이 꽤 많은데, 다들 너무 멀리 떨어져 있어서다. 피오르를 제대로 보려면 반드시 배를 타야 하고 산악 열차도 타보고 싶은데, 운전을 포기할 수는 없고……. 요 네스뵈의 소설에 흔히 등장하는 트론헤임도 포기하고, 고등어로 유명한 올레순도 포기하고, 세계에서 가장 스릴 있는 드라이브 코스 중 하나로 꼽히는 아틀란틱 로드도 포기했다. 아니, 언제일지 모르는 '다음'으로 미뤘다. 결국 오슬로 인, 베르겐 아웃으로 비행기 표를 끊었고, 오슬로와 베르겐 중간쯤에 있는 플롬이라는 도시를 선택했다.

플롬에서 이틀을 머문 것은 만족스러운 선택이었다. 그곳에서는 배를 타고 피오르 관광도 가능했으며, 짧게나마 산악 열차도 즐길 수 있었고, 근처에 있는 '스테가스타인'이라는 아찔한 전망대도 올라볼 수 있었다. 세계에서 가장 긴 터널이라는 래르달 터널을 관통하는 것도 재미있었다. 무려 24.5킬로미터에 달하는 터널은 중간에 너른 공터가 몇 개 있는데, 그곳에서 결혼식을 올리는 사람도 있다고 한다. 플롬 마리나 앤드 아파트먼트라는 곳에서 묵었는데, 피오르를 바라보며 끓여 먹는 라면 맛도 일품이었다.

🚗 레이건 도서관과 케네디 도서관, 미국

미국에 있는 여러 개의 대통령 기념 도서관 및 박물관 중에서 가장 크고 가장 유명한 곳이 로널드 레이건 도서관이다. 로스앤젤레스에서 한 시간 거리에 있는데, 대통령 전용기인 에어포스 원을 직접 타볼 수 있는 곳으로도 유명하다. 일곱 명의 대통령이 실제로 타고 다닌 비행기가 실내에 전시되어 있는데, 날개를 분리한 동체를 로스앤젤레스 공항에서 이곳까지 견인차로 운반하는 과정에서 여러 그루의 가로수를 베어내야 했다는 일화도 있다. 가장 세련된 방법으로 국민과 소통한 대통령이라 평가받는 레이건 대통령과 관련된 흥미로운 자료가 많이 전시되어 있어서 두세 시간 정도 즐겁게 돌아볼 수 있다.

보스턴에 있는 존 F. 케네디 도서관 및 박물관도 방문해볼 만하다. 바닷가에 있는 건물도 무척 아름답고, 전시되어 있는 자료들도 눈길을 끄는 것이 많다. 우리나라에는 언제쯤 이렇게 근사한 대통령 도서관이 생길 수 있을까.

21. 가서 먹으니
참 좋았다

지금까지 먹는 이야기를 참 많이 했지만, 아직 언급하지 못한 훌륭한 식당이 참 많다. 그중에서도 나에게 가장 향기로운 추억을 만들어준 식당 일곱 곳을 소개한다. 여길 가기 위해 일부러 여행을 떠날 필요까지야 없겠지만, 혹시 이들 도시를 방문할 기회가 있다면 한번쯤 고려해보시길.

🚗 피터 루거 스테이크 하우스, 뉴욕, 미국

뉴욕 최고? 미국 최고? 어쩌면 세계 최고의 스테이크 하우스가 피터 루거다. 1887년에 생긴 고풍창연한 식당인데, 다녀온 지 10년이 넘은 지금도 이곳을 생각하면 입에 침이 고인다. 저온숙성(드라이 에이징) 스테이크를 파는데, 메뉴는 아주 많지만 관광객

들은 2인용 메뉴 '스테이크 포 투'를 주문하는 게 일반적. 과거에
는 전화 예약만 받았지만 지금은 인터넷 예약도 가능하니 예약은
필수. 오랫동안 신용카드를 받지 않는 것으로 악명(?)이 높았는데,
코로나19 이후에는 신용카드도 받고 심지어 배달 서비스도 시작
했다고 한다. 아무리 볼 것 많고 맛집도 많은 뉴욕이지만, 최우선
적으로 고려해도 된다. 분점이 하나 있긴 하지만 이왕이면 브루클
린 본점으로.

다소 불친절하다는 평가가 있는데 내가 경험한 바로는 불친절하
다기보다는 다들 너무 바빠서 고급 레스토랑보다는 서비스가 덜
세심한 편이다. 1인당 100달러 정도는 써야 하지만 맨해튼의 평범
한 레스토랑의 스테이크보다 비싼 건 아니다. 피터 루거가 특히
좋았던 것은 식사 후 제공되는 초콜릿 때문이었다. 식당 로고가
찍힌 금메달 모양의 초콜릿은 자석으로 만들기에 딱 좋았다.

🚗 라셰브르 도르, 에즈, 프랑스

내가 가본 모든 음식점 중 최고의 전망을 자랑하는 곳. 프랑스 남
부의 소도시 에즈에 있는 같은 이름의 호텔에 딸린 레스토랑이
다. 호텔이 바닷가 절벽 위에 있어서 전망이 끝내주고, 음식도 아
주 훌륭했다. 내가 방문했을 때는 미슐랭 별 하나였는데, 지금은
두 개로 바뀌었다. 황금 염소라는 뜻의 호텔이라, 입구에는 금빛

염소상이 놓여 있다.

내가 여기를 방문했던 건 2010년 6월이었는데, 인기 높은 레스토랑이라는 소문과 달리 손님이 별로 없어서 의아했던 기억이 난다. 내가 방문했던 시간이 하필 남아공 월드컵에서 프랑스 대표팀이 경기를 벌이는 시간이었던 것. 근사한 외모와 중후한 목소리를 가진 백발의 소믈리에가 와인에 대해 설명할 때는 왠지 정신이 다른 데 팔려 있는 듯한 느낌이었고, 내가 밥을 먹고 있을 때 가끔씩 저 멀리에서 함성 소리가 들리곤 했다.

코스 중간쯤에 맛본 사케 셔벗도 기억에 남는다. 술맛이 살짝 나는 흰색 셔벗 위에 적갈색 가루가 조금 뿌려져 있었는데, 여러 향신료를 셰프가 특별히 조합해 만들었다는 그 가루는 라면 수프와 짜장라면 수프를 반반씩 섞어 만든 맛이 났다. 어쩌면 정말로 그렇게 만든 게 아니었을까?

🚗 도푸야 우카이, 도쿄, 일본

도쿄 타워 바로 아래에 있는 두부 요리 전문점이다. 상당히 넓은 부지에 들어선 식당인데, 일본식 정원이 내다보이는 조용한 방에서 우아하게 식사할 수 있다. 두부를 주재료로 구성된 일본식 가이세키 요리가 제공되는데, 음식이 어마어마하게 훌륭하다고 할 순 없지만 분위기는 정말 좋다. 주류까지 주문하면 1인당 10만 원

넘게 들지만, 특별한 곳에서 특별한 서비스를 받는 걸 생각하면 가성비는 결코 나쁘지 않은 편.

이왕이면 이곳은 저녁에 가야 한다. 식사를 마친 후 밖으로 나오면 불이 켜진 도쿄 타워가 손에 잡힐 듯 가까이 있다. 모두 연신 셔터를 눌러댈 수밖에 없는 풍경이다. 낮에 보는 도쿄 타워는 별 감흥이 없지만, 밤에, 그것도 그렇게 가까이에서 보는 도쿄 타워는 매우 아름답다.

🚗 베누, 샌프란시스코, 미국

내가 경험한 레스토랑 중 최고가 '제라니움'이라면, 그다음이 베누다. 사실 음식만 놓고 보면 여기도 제라니움 못지않게 감동적이었는데, 레스토랑 투어를 안 시켜줘서(!) 차점에 머물렀다. 한국에서 태어나 미국에서 자란 코리 리(한국명 이동민)가 운영하는 곳이라 특히 가고 싶었는데, 몇 년 전에 그 꿈을 이루었다. 미슐랭가이드에서 2014년부터 별 세 개를 유지하고 있다. 설명을 듣기 전에는 무슨 재료로 만들었는지 짐작조차 할 수 없는 창의적인 요리들을 낸다. 김치, 순대, 된장, 김, 도토리, 식혜 등과 같은 한국의 식재료를 활용한 요리들도 제법 등장해서 더욱 반갑다. 식당 입구에는 장독대도 있고 줄에 매달린 메주도 있다. 그릇도 광주요에서 특별 제작한 것을 많이 쓴다. 가장 유명한 음식으로는 '김치, 삼겹

살, 굴'이 있는데, 김칫국물로 투명하고 작은 그릇(kimchi glass라고 이름 붙임)을 만든 다음 삼겹살과 굴을 담은 한입 크기의 요리다. 열 몇 가지에 달하는 모든 음식이 하나같이 '작품' 수준이다.

베누는 샌프란시스코 현대미술관에서 걸어갈 수 있는 거리에 있다. 그런데 그 미술관 1층에도 코리 리가 운영하는 '인 시투in situ'가 있다. 이곳은 아주 특별한 이유로 유명세를 얻었다. 세계 곳곳의 100여 개 유명 식당에서 개발한 요리를 똑같이 베껴 내는 게 콘셉트다. 허락을 받은 것은 물론이고 조리법도 배워왔으며 그릇까지 똑같은 걸 쓰기도 한다. 이런 역발상이라니. 놀랍다.

코리 리는 지척에 있는 두 개의 레스토랑을 운영하며, 한 곳에서는 세상 어디에도 없는 창의적인 음식을, 다른 한 곳에서는 세상 곳곳에서 베껴온 음식을 파는 것이다. 내가 베누를 방문했을 때, 코리 리가 일하는 모습을 멀리서 봤다. 너무 열심히 일하고 있어서 말도 못 붙이고 마음속으로만 응원을 보냈다. 흥해라, 코리 리.

🚗 와쿠 긴, 싱가포르

싱가포르의 명소 마리나 베이 샌즈에 있는 와쿠 긴은 베누와는 정반대 콘셉트로 유명한 곳이다. 베누가 평범한 재료로 예기치 못한 음식을 창조해내는 곳이라면, 와쿠 긴은 세계 최고의 재료를 단순하게 조리해서 내는 곳이다. 일본계 호주 셰프 데쓰야 와

쿠다가 운영한다.

마리나 베이 샌즈의 대형 카지노를 내려다보면서 레스토랑에 도착하면 일단 칵테일이나 음료를 마시면서 잠시 대기를 한다. 그다음엔 철판요릿집 스타일의 방으로 안내되는데, 그곳에서 10명 내외의 손님이 같이 식사를 한다. (이런 방이 세 개 있다.) 첫 순서는 재료 구경. 요리사가 온갖 식재료가 담긴 쟁반을 들고 나와 설명을 하는데, 원산지를 꼭 언급한다. 예를 들면 랍스터는 미국 메인주, 성게알은 일본 홋카이도, 전복은 호주 태즈매니아, 뭐 이런 식이다. 이 물고기는 어느 바다에서 왔다, 소금은 어디에서 왔다, 올리브유는 어디서 왔다, 트러플은 어디에서 왔다, 한참 동안 말이 많다. 엄청난 탄소를 배출해가며 그렇게까지 해야 하나 싶은 생각이 살짝 들지만, 맛있는 음식을 만드는 데 있어서 좋은 재료가 가장 중요한 건 사실이니까.

재료가 좋아서 그런지, 그걸 더 잘 다루어서 그런지 모르지만 맛있긴 하다. 배불리 식사를 마칠 무렵 '후식을 먹으러 가자'고 한다. 어디로? 식사는 골방에서 했지만, 후식은 커다란 통유리 너머 바다가 보이는 별도의 공간에서 먹는 거다. 뭔가 호사를 누린다는 느낌은 후식을 먹을 때 더 확실하다. 상당히 즐거운 경험이긴 한데, 가장 비싼 재료를 쓰고 가장 비싼 임대료를 내는 식당이라 가성비는 높지 않다. 내가 방문했을 때는 미슐랭가이드에서 별 하나였는데, 지금은 두 개가 되었다.

🚗 안 꿔이띠우 쿠아까이, 방콕, 타이

발음하기도 어려운 방콕의 작은 식당이다. 영어로는 'Ann Guay Tiew Kua Gai'라고 표기된다. 볶음국수 전문점인데, 대표 메뉴는 '닭고기와 달걀 반숙을 곁들인 볶음국수Fried Noodles with Chicken and Runny Egg'다. 볶음국수라고 표현했지만, 기름을 많이 두른 웍에 삶은 국수를 넣은 다음 센 불에 빠르게 튀겨내는 것이라, 튀김국수라고 할 수도 있겠다. 면은 넓적한 것을 쓰는데, 살짝 불맛도 난다. 너무너무 맛있다. 다른 곳에서는 먹어본 적이 없는 맛과 식감을 즐길 수 있다. 그리고 너무너무 싸다. 한 그릇에 2000원이 채 안 된다. 미슐랭가이드에서 빕구르망 등급을 받은 곳이기도 한데, 미슐랭가이드에 등재된 전 세계 식당 중에 여기보다 싼 곳이 있을까 싶다.

식사를 마친 후에는 반드시 뒷문으로 나가야 한다. 앞문으로 나오는 게 금지된 건 아니지만, 뒤로 나가면 볼거리가 있다. 좁은 골목길이 바로 그 식당의 야외(?) 주방인 것. 방금 먹은 음식이 어떤 방식으로 조리되었는지 지켜볼 수 있다. 화려한 불쇼를 감상하며 다양한 음식을 만드는 모습을 보고 싶었지만, 오래 머물 수는 없었다. 후끈한 열기 때문에.

🚌 코노바 몬도, 모토분, 크로아티아

『뉴욕타임스』가 2009년 기사에서 '당신이 결코 가보지 못할 맛집'이라 소개한 식당인데, 나는 가봤다. (가기 힘들다고 하니 더 가고 싶더라.) 크로아티아 중에서도 외진 곳에 있지만, 크로아티아나 슬로베니아를 여행한다면 일정을 좀 조정해서라도 가볼 만한 식당이다. 크로아티아의 자그레브에서 3시간, 로비니라는 작고 아름다운 항구에서는 1시간 거리에 있다. 슬로베니아의 류블랴나에서는 2시간, 드라마 「디어 마이 라이프」에서 조인성과 고현정이 데이트하던 도시 피란에서는 1시간 거리다.

크로아티아의 이스트라반도는 세계적인 트러플 생산지다. 그중에서도 코노바 몬도가 있는 모토분 주변이 특히 유명하다. 당연히 이 식당에 가면 저렴한 가격에 양질의 트러플을 실컷 맛볼 수 있다. 트러플 파스타를 시키면, '이래도 되나?' 싶을 정도로 많은 트러플을 올려준다. (생각보다 향이 약하다고 느낄지 모르겠지만, 은은한 그것이 원래 트러플의 향이다. 향이 아주 강한 트러플 오일은 대부분 합성 향을 첨가한 것.) 반주로는 이스트라반도에서만 판매된다는 산 세르볼로San Servolo 맥주를 추천한다. 맛이 상당히 좋았다. (현지인의 주장에 따르면 이 맥주는 너무 맛있어서 얼른 다 팔리기 때문에 다른 곳으로 보낼 것이 없단다.)

모토분은 해발 277미터 높이의 언덕 위에 있는 중세 마을로, 영화「천공의 성 라퓨타」의 모티브가 된 곳으로도 유명하다. 밥을 먹기 전후에 한 시간쯤 산책하기 좋다. 유명한 트러플 산지에 갔는데, 한 끼만 먹고 돌아오기는 아쉽다. 근처에 트러플 제품을 파는 가게들을 들를 수도 있고, 계절이 맞으면 헌팅 도그와 함께 트러플을 직접 캐는 체험도 할 수 있다.

나는 '피에트로 앤드 피에트로Pietro and Pietro by Natura tartufi'라는 가게에서 트러플 맥주, 트러플 소금, 트러플 감자칩, 트러플 치즈, 트러플 초콜릿 등을 사느라 돈을 좀 썼다. 예약도 없이 갔는데 시식용 음식을 너무 정성껏 만들어주기에 감동해서.

22.　가보면
　　　참 좋겠다

여행준비가 취미인 사람의 장점. 전 세계 어디든 여행 계획을 세울 수 있다. 여행준비가 취미인 사람의 단점. 여행 계획을 세워놓은 장소들 중 대부분을 못 간다. 언젠가 갈 수 있을지도 모르지만, 결국 못 간다 해도 그리 원통할 것은 없다. 꿈꾸는 것만으로도 즐거웠으니까.

　여행준비를 하다보면 느낌으로 알게 된다. 이곳은 참 매력적이지만 아마 나는 가지 못하겠구나 싶은 곳도 있고, 운이 좋으면 먼 훗날 잠시라도 그곳의 공기를 마실 수 있겠지 싶은 곳도 있고, 여기야말로 무슨 수를 내서라도 한 번은 가겠노라 다짐하는 곳도 있다.

　가고 싶은 마음은 있지만 우선순위에서 한참 뒤로 밀려 있는 장소는 이런 곳들이다. 자동차 여행에 부적합한 곳, 체력적으로 너무 힘들 것 같은 곳, 가기 너무 힘든데 그곳 외에는 주변에 다른 매력적인 장소가 없는 곳, 안전하지 않은 곳 등등.

보너스 트랙 세 곡 중에서 이걸 만드는 게 가장 힘들었다. 가본 곳들보다 못 가본 곳이 훨씬 많아서다. 허다한 후보들 중에서 내가 가장 간절히 원하는 여행지를 일곱 곳만 골랐다. 누군가를 좋아하는 데 특별한 이유가 없듯이, 어딘가를 가고 싶어하는 데도 특별한 이유는 없다. 그냥 끌리는 곳들이다.

🚌 더웬트 연필 박물관 & 레이크 디스트릭트 국립공원, 영국

오래전 『문구의 모험』이라는 책을 재미있게 읽다가 '연필 박물관'이 있다는 것을 알게 됐다. 어릴 때부터 나는 왠지 연필이 좋았다. 연필과 종이가 만날 때의 촉감도 좋았고 사각사각하는 소리도 좋았다. 지금은 연필을 거의 사용하지 않지만, 연필 박물관에 가면 한글을 처음 배우던 어린 시절의 추억이 물씬 떠오를 것만 같다. 흑연이 많이 나는 곳이자 연필의 발상지인 영국의 케즈윅이라는 곳에 있는 더웬트 연필 박물관Derwent Pencil Museum에는 언제쯤 가볼 수 있을까.

이곳은 영국인들이 가장 사랑하는 국립공원이라는 레이크 디스트릭트 국립공원 안에 있다. 이름에서 짐작할 수 있듯이 여러 개의 아름다운 호수가 있어 도보 여행자들의 천국으로 불리는 곳. 오래 걷기를 좋아하지는 않지만, 이곳에서라면 몇 시간쯤은 걸을 수 있을 듯하다. 레이크 디스트릭트는 피터 래빗의 고향으로도 유명하다. 피터 래빗과 연관 있는 장소는 여러 군데 있는데, 그중 '베아트릭스 포터 어트랙션'이라는 곳을 찜해두었다.

레이크 디스트릭트는 맨체스터와 리버풀에서 두 시간 거리이니, 리버풀에서 비틀스의 향기를 맡고 맨체스터에서 박지성의 흔적을 찾은 다음 이곳으로 가면 딱 좋을 듯하다. 운이 좋아 8월에 방문할 수 있다면, 레이크 디스트릭트 여름 음악제도 들러야지. (아, 8월에 가면 비시즌이라 축구는 못 보겠구나.)

🚌 낸터킷섬, 미국

보스턴에서 1시간쯤 남쪽으로 내려오면 하이애니스라는 작은 항구도시가 있다. 그곳에서 배로 1시간을 가거나 비행기로 20분을 가면 낸터킷이라는 작은 섬이 있다. 19세기에는 포경업으로 유명했고, 지금은 매사추세츠주 부자들의 휴양지로 유명한 섬.

낸터킷섬이 유명해진 계기는 비극적인 사건이었다. 1820년 포경선 에식스호가 남태평양에서 고래를 잡던 중 거대한 향유고래와 충돌해 침몰했다. 구명보트 세 척에 나눠 탄 20여 명의 선원은 비상식량이 바닥나자 인육으로 연명했고, 석 달 넘게 표류한 끝에

8명만 구조됐다. 이 조난의 기록에서 영감을 얻어 허먼 멜빌이 쓴 소설이 『모비딕』이다. 이 소설의 주인공인 이슈마엘이 낸터킷 출신으로 설정되어 있고, 소설에는 낸터킷의 포경산업이 생생하게 묘사되어 있단다. (나는 아직 안 읽었다.) 소설 속에서 항상 커피를 들고 다녔던 일등항해사 이름 '스타벅'에서 커피전문점 스타벅스의 이름이 유래한 것도 유명한 이야기다.

모비딕의 첫 문장인 '콜 미 이슈마엘'이 적혀 있는 티셔츠를 사서 입고, 낸터킷섬에 있는 스타벅스에 앉아서 모비딕을 읽는 허세를 부려볼까 했는데, 의외로 낸터킷섬에는 스타벅스 매장이 없더라. 『모비딕』은 보스턴 가는 비행기 안에서 읽어야겠다. 에식스호 사건을 바탕으로 만들어진 2015년 영화 「하트 오브 더 시」도 여행 떠나기 전에 보고 가야지. 낸터킷섬의 특이한 모양이 그려진 자석도 사야지.

🚗 우수아이아, 아르헨티나

세상의 끝 분위기를 풍기는 장소는 많지만, 자타 공인 가장 유명한 '세상의 끝'은 역시 우수아이아다. 남아메리카 대륙의 최남단이자 남극 지방의 해상 교통 거점. 언제부터 이곳에 가보기를 꿈꾸었는지는 확실하지 않지만, 어쩌면 영화 「해피 투게더」 이후였는지도 모르겠다.

우수아이아에 가기만 하면 최소한 사나흘은 머물면서 비글 해협 크루즈도 타고 100년 넘은 카페도 가고 펭귄 구경도 할 텐데, 그 먼 곳에 도대체 어떤 방법으로 갈 것인지가 문제. 부에노스 아이레스에서 비행기를 타고 슝 날아가는 것이 가장 편하긴 한데, 그건 왠지 '세상의 끝'을 찾아가는 사람의 예의(?)가 아닌 듯하다. 언제 갈지 전혀 기약이 없지만, 다음 두 가지 방법을 놓고 고민 중이다.

첫째는 엘 칼라파테까지 비행기로 간 다음 토레스 델 파이네 국립공원을 구경한 이후 자동차를 몰고 우수아이아까지 가는 거다. 열두 시간쯤 걸린다. 둘째는 칠레의 푼타 아레나스까지 비행기로 가서 그곳을 좀 둘러본 다음 운전을 시작하는 거다. 여기서는 아홉 시간쯤 걸린다. 어느 쪽이든 쉽지 않다. 시간도 많이 걸리고 돈도 많이 든다. 왕복 운전은 너무 힘들 테니 편도로 차를 빌려야 할 텐데, 그것도 쉽지 않아 보인다. 하지만 그 정도 고생은 하면서 도착해야 세상의 끝에 도달하는 느낌이 들지 않을까? 그런 강행군이 가능할 만큼의 체력이 남아 있을 때 우수아이아에 갈 수 있기를 바랄 뿐이다.

🚗 **탈리스커 양조장 & 스카이섬, 영국**
술을 그리 잘 마시는 편은 아니지만, 좋은 위스키를 맛보는 것은 즐거운 경험이다. 위스키 중에서는 싱글몰트 위스키가 특히 유명하다는 것도 안다. 전 세계 싱글몰트 위스키 중에서 90퍼센트가 흔히 하일랜드라고 불리는 스코틀랜드에서 생산된다. 그래서 언젠가 한번쯤은 스코틀랜드 지방을 돌며 위스키 투어를 해보고 싶은 마음이 있다.

그런데 하일랜드 지방이 의외로 넓고, 유명한 양조장들은 곳곳에 흩어져 있다. 그곳들 중에서 어디를 갈 것인가? 가장 먼저 고른 곳은 스카이섬에 있는 탈리스커 양조장이다. 내가 마셔본 위스키 중에서 가장 독특했기 때문이다. 온종일 위스키만 마실 수는 없으니, 다른 볼거리도 좀 있어야 하는데, 스카이섬은 그 풍광도 무척 아름다웠다. 섬이지만 다리로 연결되어 있어 자동차로 갈 수 있다는 점도 마음에 들었다.

그래서 에든버러에서 출발해 글렌모렌지Glen Morangie 양조장에 들렀다가 맥베스의 배경인 인버네스 찍고, 네스 호에 가서 괴물을 만난 다음 스카이섬에 들어가 탈리스커Talisker 위스키를 잔뜩 마시고, 오반Oban 양조장과 글래스고를 거쳐 다시 에든버러로 돌아오는 일정을 짜두었다. 이동 거리가 1000킬로미터를 넘으니, 최소 일주일은 잡아야 한다. 매년 8월에 3주 동안 열리는 공연예술 축제인 에든버러 페스티벌도 구경할 수 있으면 금상첨화겠다. 이 여행에서 읽을 책으로는 제시카 브록몰의 소설 『스카이 섬에서 온

편지』를 골라두었다.

🚌 밴쿠버 선샤인 코스트, 캐나다

세계에서 가장 살기 좋은 도시 중 하나로 손꼽히는 곳이 캐나다 밴쿠버다. 시내에도 볼거리가 많지만 밴쿠버 북쪽에는 일조량이 유난히 많아서 선샤인 코스트로 불리는 해안이 있다. 나는 밴쿠버에서 출발해 시계 방향 혹은 반시계 방향으로 돌면서 선샤인 코스트와 빅토리아섬 곳곳을 돌아보는 코스를 오래전에 짜놓았다. 해안선이 복잡해서 페리를 여러 번 타야 하는데, 짧은 구간은 40분, 긴 구간은 100분 정도 걸린다. 나는 시계 방향으로 도는 코스를 선택했는데, 트왓슨Tsawwassen-스워츠 베이Swartz Bay, 코목스Comox-파월 리버Powell River, 솔터리 베이Saltery Bay-얼스 코브Earl's Cove, 랭데일Langdale-호슈 베이Horseshoe Bay, 이렇게 네 번 바다를 건너는 코스였다. 페리는 노선도 아주 많고 요금 체계도 복잡하지만, 홈페이지(www.bcferries.com)에 상당히 자세하게 안내가 되어 있으니 참고하면 된다.

조용하고 아름다운 호텔들도 곳곳에 있고, 깁슨, 얼스코브, 나나이모, 슈메이너스 등 여러 도시에 아기자기한 볼거리가 많다. 시간이 허락하면 호슈 베이에서 시작되는 시 투 스카이 하이웨이Sea-to-Sky Highway를 타고 휘슬러 쪽으로 가볼 수도 있다.

사실 이 코스는 비행기와 호텔 예약까지 마치고 시간 단위 계획까지 다 세워놓았지만 실행에 옮기지는 못했다. 2년간의 미국 생활을 마치면서 여행을 무척 좋아하는 장모님과 함께 여행을 떠나려 했지만, 하필 그 무렵에 장모님의 건강이 갑자기 나빠지면서 취소할 수밖에 없었다. (함께 '바드 온 더 비치'에서 셰익스피어 연극도 관람할 예정이었는데.)

그 이후 지금까지 장모님은 몇 차례의 중환자실 입실을 포함해 여러 번 입원과 퇴원을 반복했고, 이 글을 쓰는 지금도 입원 치료를 받고 계시다. 얼른 쾌차하셔서 밴쿠버까지는 아니더라도 가까운 곳으로 함께 여행을 떠나는 날이 오기를 간절히 기원한다. 장모님은 아마도 이 책을 가장 먼저, 가장 재미있게 읽어주실 독자가 되지 싶다.

🚗 마요르카섬, 스페인

결혼하고 나서 얼마 되지 않았을 무렵, 「마르고 닳도록」이라는 연극을 봤다. 스페인 마피아가 애국가의 저작권료를 우리 정부로부터 받아내기 위해 여러 차례 방한한다는 기발한 발상을 내용으로 하는 연극이었다. 연극도 재미있었지만, 안익태 선생이 오랫동안 살았던 마요르카라는 섬을 알게 되어 좋았다. 마요르카는 유럽인들이 매우 좋아하는 휴양지였다.

이 연극을 본 것을 기념하며, 우리 부부는 결혼 20주년 기념 여행을 마요르카로 가기로 했다. 그때만 해도 20주년은 까마득히 먼 미래였는데, 어느덧 결혼 20주년 기념일이 몇 달 후로 다가왔다. 하지만 모두 예상하시다시피 코로나19 때문에 마요르카 여행은 기약이 없어졌다. 지난 20년간 틈틈이 마요르카 관련 자료를 찾아보면서 데이아라는 도시의 호텔이며 발데모사라는 도시의 식당이며 팔마에 있는 초콜릿 카페 등을 골라놓았는데, 아쉬움을 금할 길 없다. 그러나 신혼여행을 취소한 분도 많고 일상생활이 완전히 망가진 분도 많으니, 나는 그래도 사정이 나은 편이라고 위안해본다.

이 글을 쓰면서 내가 가려고 했던 레스토랑이 여전히 잘 있는지 검색을 해봤더니, 무기한 휴업 중이다. 스페인은 우리보다 상황이 더 심각하니까 그럴 테다. 얼른 바이러스의 시간이 끝나고 자유롭게 어디든 왕래할 수 있는 평화로운 시간이 도래하기를 빈다.

🚌 코르시카섬, 프랑스

마요르카 지도를 보다보니 그 옆에 커다란 섬들이 또 있었다. 스페인 영토인 마요르카가 제주도의 두 배 크기인데, 이탈리아 영토인 사르데냐섬은 제주도의 열세 배, 프랑스 영토인 코르시카섬은 제주도의 다섯 배 크기였다. 여러 자료를 찾아보니 사르데냐섬은 남자들이 장수하는 것으로 유명한 것을 빼면 관광지로서의 매력은 별로 없는 곳이었다. 하지만 코르시카섬은 마요르카보다 더 매력적인 곳이었다. 이렇게 근사한 곳을 아무 때나 갈 수는 없지. 결혼 25주년을 기념하는 여행의 목적지로 찜했다.

코르시카는 섬 전체가 맛집이라고 할 정도로 음식이 맛있다고 한다. 프랑스와 이탈리아의 음식 문화가 뒤섞인 곳이니 기대가 된다. 공항이 네 개나 있을 정도로 큰 섬이라서 스케줄을 짜는 재미도 쏠쏠해 보인다. 아직 구체적인 계획은 세우지 않았지만, 코르시카 여행만큼은 2주 정도의 휴가를 내서 최대한 느긋하게 보내고 싶다. 대학생 때를 제외하면 한 번에 열흘 이상 여행해본 적이 없지만, 결혼 25주년 무렵이면 대학 졸업 후 사회생활을 30년이나 했을 때이니 그 정도 여유는 부려도 되지 않을까. 이 책을 쓴 기념으로 5년 만기의 적금이나 하나 들까. (이 책의 인세로 코르시카 여행 경비를 충당할 수 있다면 얼마나 좋을까.)

23.   피자
다섯 조각

친구 부부와 넷이서 일본 도쿄에 간 적이 있다. 그곳에 살고 있는 후배 한 명까지 총 다섯 명이 '아자부'라는 맛집 밀집 지역에서 저녁을 먹었다. 맛있게 잘 먹었지만 그냥 헤어지기는 아쉬워서, 후배에게 2차 장소를 추천하라고 했다. 그랬더니 피자집을 가자는 게 아닌가. 충분히 배부른데 웬 피자? 그가 말했다. 피자도 상당히 맛있지만, 다른 음식점에서는 거의 팔지 않는 특별한 맥주를 마실 수 있다고.

밤 10시가 가까운 시각이었는데, 야외의 테이블 외에는 자리가 없었다. 겨울이었지만 난로와 담요가 있었다. 후배가 추천한 산토리 더 프리미엄 몰츠 마스터스 드림Suntory The Premium Malt's Master's Dream이라는 맥주를 주문했다. (병도 예쁘고 맛도 좋았다.)

후배는 피자도 두 종류를 주문했다. 배가 불러 못 먹는다고 했지만, 사이즈가 작으니 괜찮다고 했다.

잠시 후 정말 작은 피자 한 판이 먼저 나왔다. 그런데 피자가 다섯 조각으로 잘려 있었다! 피자는 원래 짝수로 잘리는 게 보통 아닌가. 넷, 여섯, 아니면 여덟. 손님이 다섯이라고 배려한 것이 분명했다. 두 번째 피자도 다섯 조각이었다. 피자가 다섯 조각으로 잘려 나오는 걸 보기는 평생 처음이었다. 조금은 감동했다. 진심으로 손님을 접대한다는 의미를 가진, 일본의 '오모테나시' 문화가 이런 건가 싶었다. 그 식당의 이름은 '피자 스트라다Pizza Strada'이다.

그로부터 한 달쯤 지났을 때, 소규모 회식 자리가 있었다. 돼지갈비를 잔뜩 먹고 냉면도 먹었는데, 다들 술이 좀 부족한 듯했다. 배는 불렀지만 안주 삼아 작은 빈대떡을 하나 주문했다. 아무리 배가 부르다 해도 다섯 명이 빈대떡 한 장 못 먹으랴. 그러고 보니 또 다섯 명이었다.

잠시 후 빈대떡이 테이블에 놓였다. 다섯 조각으로 잘려 있었다! 우와. 한 번도 경험해보지 못한 빈대떡이 아닌가. 빈대떡을 다섯 조각으로 잘라 내는 게 규칙인 식당이 있을 리는 없으니, 이건 분명 우리 일행을 위한 배려였다. 굳이 확인하고 싶어서 아주머니에게 물었다. 이거 일부러 다섯 조각으로 잘라주신 건가요? 그분이 당연한 걸 왜 묻느냐는 듯 시크하게 대답했다. 다섯 분이잖아요. 또 감동. 이 훌륭한 식당의 이름은 '봉피양'이다. (돼지갈비가 세계에서 가장 맛있는 집이라고 생각한다.)

일본이냐 한국이냐가 중요한 게 아니었던 거다. 다섯 조각에 관한 매뉴얼이 존재하는 것인지, 아니면 직원들이 알아서 세심한 서비스를 제공하는 것인지는 모르겠다. 하지만 세상에는 자신의 일에 최선을 다하는 사람들이 있고 그렇지 않은 사람들이 있는 건 분명하다. 다섯 명이 먹을 피자를 네 조각이나 여섯 조각으로 잘라 내면, 모두가 조금씩 불편하긴 하겠지만 누구도 불평하지는 않을 거다. 그러나 누군가 조금 더 신경을 쓰면 다른 누군가가 조금 더 편리해지고 조금 더 행복해진다. 그런 사람들이 많으면 많을수록 더 괜찮은 세상이 될 테고.

물론 그런 사람들이 더 많은 조직이나 나라가 있고, 그렇지 않은 조직이나 나라도 분명 있다. 시대에 따라서도 당연히 그 비율은 달라진다. 늘어나기도 하고 줄어들기도 하고. 우리나라는 그런 사람들이 점점 더 많아지고 있다고 나는 믿는다. 그런 사람들을 자꾸만 기운 빠지게 하는 리더들이 문제일 뿐.

만약 내가 하필 다섯 명이서 하필 봉피양에 가서 하필 빈대떡을 주문하지 않았더라면 어떻게 됐을까? 아마도 일본의 식당은 역시 서비스가 좋아. 우리는 아직 멀었어. 이런 이야기를 떠들고 다녔을지도 모른다. 나의 단편적인 경험을 과잉 일반화하는 오류를 범하는 줄도 모르고.

사람들은 대개 책을 많이 읽으면 겸손해진다고 한다. 세상에 얼마나 훌륭한 사람이 많은지, 이 세상은 얼마나 넓고도 다양한지, 그에 비하면 내가 가진 경험과 지식과 통찰은 얼마나 보잘것없는 것인지 깨닫기 때문일 것이다. 반대로, 책을 많이 읽을수록 교만해지는 사람도 있다. 아무리 많이 읽었다고 해봐야 인류가 쌓아올린 거대한 문명의 극히 일부만을 봤을 뿐일 텐데, 세상의 모든 진리를 혼자 깨우친 것처럼 착각하는 사람들 말이다. 그런 사람들, 참 싫다.

그런 의미에서, 이 책을 쓰는 동안 마음 한구석이 조금은 불편했다. 내가 여행을 준비했거나 실제로 가본 장소는 극히 일부분인데, 내가 그 과정에서 느낀 지극히 주관적이며 아마도 여러 겹의 편견이 섞여 있을 감정들을 마치 대단한 진리인 양 서술하고 있는 건 아닐까 하는 걱정 때문이었다. 현명하신 독자들께서 그런 점들을 잘 헤아려 읽어주셨기를 바랄 뿐이다.

이런 노래를 알고 있다고 말하는 건 '옛날 사람' 인증인 것 같지만, 남인수 님의 노래 중에 〈청춘고백〉이라는 게 있다. 헤어지면 그리웁고 만나보면 시들하고 몹쓸 것 이내 심사, 이런 가사로 시작하는 1955년 노래다.

　여행지도 그렇다. 못 가본 곳들은 정말 근사할 것 같지만, 실제로 가보면 시들한 경우도 많다. 흔히 '죽기 전에 꼭 가봐야 할 여행지' 같은 표현을 쓰지만, 정말로 만사를 제쳐두고 반드시 가봐야할 곳 따위란 (거의) 없다. 기대가 크면 실망도 크다. 사람 사는 곳은 어디나 다 비슷하다. 아주 근사한 풍광을 자랑하는 곳들도, 현장에 가서 보면 (미리 검색해봤던) 사진과 똑같거나 오히려 사진만 못하다. 그러니 특별한 곳에 가고 특별한 경험을 하는 것을 여행의 주된 목표로 삼으면, 여행을 다녀와서도 아쉬움이 남는 게 어쩌면 당연한 일일지 모른다. 생각보다 특별하지 않아서, 봤어야할 뭔가를 못 보고 돌아와서, 혹은 맛봐야 할 뭔가를 못 먹고 와서 서운한 마음이 드는 거다. 그러나 여행의 진짜 즐거움은 준비하는 단계부터 시작해서 긴 시간 동안 추억을 곱씹는 과정 전반에 걸쳐 있다. 하나 더 보고 덜 보고가 그렇게까지 중요한 건 아니라는 의미다.

　내가 여기를 언제 다시 온다고, 여기까지 왔는데 어떻게, 얼마나 어렵게 시간을 내서 왔는데, 뭐 이런 이야기를 여행 중에 흔히하게 된다. 그래서 잠을 줄이고 발걸음을 재촉하고 급하게 사진만 찍고 돌아서기도 한다. 하지만 조금만 생각해보면, 시간은 언제나 같은 속도로 흐르고 인생의 모든 순간은 언제나 한 번뿐이다. 느리게 움직여야 자세히 볼 수 있고, 느리게 움직여야 풍경 말고 내 마음도 들여다볼 수 있다. 여행 계획을 세울 때 가장 중요한 팁을 하나만 달라고 누군가 내게 묻는다면, 처음 세운 계획에서 일정을 20퍼센트쯤 줄이는 것이라고 답하겠다.

책에 관한 걸쭉하고 상큼한 이야기 「YG와 JYP의 책걸상」을 나와 함께 진행하는 강양구 기자의 부추김이 없었더라면, 이 책은 아직도 기획 중이었을 것이다. 고정 패널로 출연하는 김혼비 작가와 박혜진 평론가의 격려가 없었더라면, 아직 절반도 못 썼을 것이다. 집필 초반에 쓴 원고 일부를 검토하고 조언까지 해준 세 분께 감사의 인사를 전한다.

방송 중에 이 책과 관련된 이야기를 했더니, 애청자 중 많은 분이 기대감을 표하며 꼭 구매하겠다는 응원의 댓글을 달아주셨다. 가장 먼저 서점으로 달려가주실 책걸상 애청자 분들께도 감사드린다. 3년 반 동안 매주 2회씩 방송하다가 제작비 문제로 몇 달을 쉬었는데, 이 책이 나올 무렵에는 '책걸상 시즌3'가 시작될 예정이다. (이 책을 쓰기 위해 일부러 몇 달 쉰 것은 결코 아닙니다.) 이 책으로 인해 책걸상 청취자가 더 늘어나면 좋겠다.

초고를 전부 읽고 솔직한 평가를 해주신 김혼비, 이혜선, 이영주, 김혜원 님께도 감사드린다. 그분들 덕택에 문장은 조금 더 매끄러워지고 헛소리는 많이 줄어들었다. 추천사를 써주신 황동규, 장강명, 정세랑, 김혼비, 박혜진, 윤대현, 이진우, 이준원 님께도 특별한 감사를 드린다. 그분들의 추천사로 인해 책의 품격이 +1, +2, +3, +4, +5, +6, +7, +8 되었다. 책에 실명 혹은 익명으로 등장한 지인들께도 깊은 감사의 말씀을 드린다. 허락을 받지 않고 이름을 공개한 장준환, 김호 님의 이해를 바라며, 익명으로 (두 번 이상씩) 등장한 박정탁, 안지헌, 조형진, 강주화 님께도 인사를 전한다. 그리 멀지 않은 미래에 다시 함께 여행할 수 있기를 소망한다. 최종 원고가 완성되고 나서 한 달 만에 책이 서점에 깔리는 기적을 행해주신 글항아리 이은혜 편집장께도 감사드린다. 탈고 전부터 많은 준비를 해주신 덕택에 새 책이 나오는 기쁨을 더 일찍 누릴 수 있었다.

지난 20년 동안 대부분의 여행을 함께 했던, 내 여행의 동반자이자 인생의 동반자인 아내에게도 무척이나 고맙다. 아내가 언제나 지지해준 덕택에, 내가 조금이라도 덜 비겁하게 살 수 있음을 안다. 아내가 소신을 지키며 사는 데 나도 도움이 되기를 비는 마음이다. 이 책의 초고를 읽고 아내가 해준 조언들도 원고의 최종 정리 단계에서 훌륭한 길잡이가 됐다.

여행을 못 가서 아쉬운 마음이 너무 크다. 주변에도 그런 분이 많다. 이륙해서 몇 시간 비행한 다음 같은 자리로 되돌아오는 상품이 잘 팔린다는 뉴스도 보이고, 공연히 인천공항에 가서 서성이다 돌아왔다는 사람들도 있다. 여행을 못 가서 마음이 헛헛한 분들에게 이 책이 작은 위안이 되었기를 바란다. 언제가 될지는 모르지만, 훌쩍 떠날 수 있는 시간은 반드시 찾아올 것이고, 우리의 다음 여행은 분명히 아주 특별한 여행이 될 것이다. 그날이 올 때까지, 여행준비를 하며, 우리 모두 잘 버텨보자고요. 영어가 안 되면 시원스쿨, 여행을 못 가면 여행준비.

여행준비의 기술

ⓒ 박재영

초판 인쇄 2020년 11월 8일
초판 발행 2020년 11월 15일

지은이 박재영
펴낸이 강성민
편집장 이은혜
마케팅 정민호 김도윤
홍보 김희숙 김상만 지문희

펴낸곳 ㈜글항아리 | 출판등록 2009년 1월 19일 제406-2009-000002호
주소 10881 경기도 파주시 회동길 210
전자우편 bookpot@hanmail.net
전화번호 031-955-1936(편집부) 031-955-2696(마케팅)
팩스 031-955-2557

ISBN 978-89-6735-834-1 03810

이 도서의 국립중앙도서관 출판예정도서목록(CIP)은 서지정보유통지원시스템 홈페이지
(http://seoji.nl.go.kr)와 국가자료종합목록 구축시스템(http://kolis-net.nl.go.kr)에서 이용
하실 수 있습니다. (CIP제어번호 : CIP2020043909)

잘못된 책은 구입하신 서점에서 교환해드립니다.
기타 교환 문의 031-955-2661, 3580

www.geulhangari.com